—— 後真相時代的媒體識讀 ——

破擊假新聞

解析數位時代的媒體與資訊操控

修訂二版

政治大學與臺北藝術大學傳播學者

王淑美、陳百齡、鄭宇君、劉蕙苓、蘇　蘅 — 著

三民書局

修訂二版序

假新聞像疫情不斷擴散，更是無止盡的戰爭。正因為社群網站的運作模式「不追求真實訊息」、「只在乎使用者之間的互動」，假新聞才會禁之不絕。

《破擊假新聞》初版在 2020 年問世，當時「假新聞」已是社會重要議題，後來臺灣設立事實查核中心，全球重要社群媒體亦提供許多查核和下架假新聞的機制，希望提出有效防制之道。

歷經新冠疫情，世界發生天翻地覆的改變，假新聞仍然絡繹於途，為什麼？

在不同國家的社會脈絡下，許多傳播、政治、社會學者看到假新聞不同樣貌，也賦予不同的定義，各國問題不盡相同：有的是網路個人或團體產製假新聞，破壞社會安定；有的是政治人物操作假新聞，製造對立；還有網路同溫層病毒傳播，不辨是非；種種景象在我們周圍真實發生。

大家這才知道，假新聞的來源五花八門，訊息似

假還真，即使認識了假新聞，也沒辦法真正對抗。世界似乎比想像脆弱許多，我們以為參加打假，就能有效防止假新聞，其實不然。

歷經全球對假新聞的嚴厲批判檢討，各國更認識假新聞和民主自由的衝突關係及難解困境。原本強調網路言論應該自由放任，應完全去管制化；結果讓網路成為假訊息溫床，造成新危機。

人們逐漸發現，無所作為放任假新聞發展，會有很多後果：政治兩極化、民主選舉遭破壞、社會動盪不安，都是社群平臺、新聞媒體、學者專家、企業領袖無法單獨站出來對抗的新戰場。這在兩年前本書出版時，無法完全想像。

本書作者希望藉著學術專業、實務經驗和實證研究，讓讀者了解假新聞是什麼，也希望讀者真正了解後，看得出改變的必要，並知道改變的路要怎麼走。

這本書受到肯定，很快再版，鼓勵我們更新內容，增加最新案例和討論，期許成為觸動社會「建立共識」、「做對的事」的重要動力。

本書篇章仍維持原先規劃，但添加更多本地和全

球重要新案例、新作為和新經驗。作者發現臺灣和全球已有更多行動，但假新聞也跟著進化，政府和民間邊做邊學，長路漫漫。本書除了帶讀者加強認識假新聞的源起和環境，並嘗試用多元思索脈絡，啟發新想像，以建構假新聞議題的新內涵。

本書再版，說明我們還沒有完全解決假新聞的問題：內部外部缺乏有效解方、許多人不具有分辨真假的能力、AI 和運算科技強化假新聞的功能，讓我們更憂心，假新聞會不會使既有制度分崩離析？社會還能重建信任關係嗎？

本書先帶我們認識假新聞的類型和變化（蘇蘅篇、劉蕙苓篇）與傳播途徑（王淑美篇），我們更知道假新聞傷害什麼社會價值、社群平臺如何運作查核機制（鄭宇君篇），也看到全球聯手打擊假新聞，召開國際或區域事實查核峰會，追求查核機制精進的鍥而不捨（陳百齡篇）。

假新聞是話語權之戰，也是心理戰。疫情期間，全球出現許多傷害健康、反對疫苗施打的謠言，使得更多心理、政治、社會和傳播學者投入假新聞傳遞心

理的研究，本書也有新的討論。

　　但光是討論，當然不足以解決問題！了解假新聞只是採取行動的第一步。假新聞為社會帶來了無法想像的摧毀力；人們不能只在乎「我的情緒」或「假新聞很合我心」，就動動手指，亂傳一通。只要假新聞依然氾濫，就會造成長久破壞：信任不斷下降、價值體系崩壞、社會飽嘗苦果。

　　既然知道假新聞會改變世界，我們需要新思維和行動改變現狀。本書最後一章提出不同國家起而行的新做法，包括社群平臺業者自我規範、全球跨國合作、運用科技和人工智慧對付假新聞升級，雖然已有成效，但還沒有達到完全遏止假新聞的目的。

　　假新聞不但是隨堂考，也是期末考，更是一場持久戰。需要大家一起加入這個行列，為打擊假新聞扛起責任，才能重新建立追求真正真實的民主環境。

蘇　蘅

2022 年 4 月

初版序

「假新聞」旋風席捲全世界，不只影響成人世界，更傷害年輕人的認知與判斷。為什麼人們會相信假新聞？怎麼教年輕人不會被假新聞所惑？這正是這本書的目的。

美國皮優研究中心 (Pew Research Center) 的調查顯示，四分之一的美國人承認，曾經分享、傳播過假新聞。很多研究也發現，無論年齡大小、對科技是否熟悉、智商有多高，大眾普遍都沒有質問關鍵問題的能力，更難從中判斷新聞的可信度。

換成孩子，更值得警惕。

加州大學兒童數位媒體中心 (Children's Digital Media Center) 的心理學家烏爾斯 (Yalda T. Uhls) 說，很多孩子們同時上網、發簡訊、閱讀、看影片，但是常常不假思索就相信、分享傳播所收到的消息。

2016 年史丹佛大學針對近 8 千名國中和高中生進行實驗與調查研究，結果發現有 82% 的學生認為廣

告付費的置入性行銷也是新聞。可見難辨新聞真假的現象普遍存在。

那麼，新聞造假有多嚴重？

2004 年美國哥倫比亞廣播公司 (CBS) 資深主播丹‧拉瑟 (Dan Rather) 指美國總統小布希 (George W. Bush) 逃避越戰，事後證實引用偽造文件。丹‧拉瑟道歉，2005 年辭職。

2005 年臺灣的東森新聞 S 臺「社會追緝令」節目爆料有不肖業者回收祭品，再轉售給自助餐業者，結果完全不實；爆料的主持人身兼臺北市議員王育誠遭所屬的親民黨停權。政府決定撤照，關閉該臺。

2014 年美國發生 《滾石》 (Rolling Stone) 雜誌報導校園性侵案造假事件。《滾石》雜誌刊登維吉尼亞大學派對發生女生遭 7 名學生集體性侵，震驚全美。後來發現這篇報導從頭到尾只有受害者一人說詞，事情全是掰的。經過調查，《滾石》確實犯錯，公開道歉，撤回報導。最後以 4 百萬美元和維吉尼亞大學和解。但雜誌信譽已難挽回。

這些事情發生，不但嚴重傷害新聞媒體的可信度，

傷害民主社會裡媒體的監督功能，更可能讓公民因為錯誤資訊，產生誤判，影響國家社會的發展方向。

在網路時代，假新聞氾濫會更危險，因為人常有從眾的壓力，所以很多人以按讚數、追蹤數來判斷一則消息或貼文來源是否是真的，容易以訛傳訛。

另外，科技公司、社群媒體用演算法不斷餵食用戶新聞、動態消息，讓人不停往下看；臉書(Facebook)、推特(Twitter)不停推播；Google的搜尋結果，是依照被搜尋與點閱的熱度排序，而不是資訊的真假。但人們就是會容易相信被搜尋引擎放在前面、在社群媒體被比較多人看過的消息。

網路的便利，社群媒體深入生活，雖然帶來很多好處，卻也表示假新聞會帶你到一個你以前不認識的世界，離開你的溫室，也挑戰你的批判思考力。

我們要怎麼突破重重陷阱，對假新聞說不、對它們喊停呢？

這本書不想浮光掠影地帶讀者看假新聞。在一個娛樂至上的時代裡，假新聞的對與錯雖然重要，假新聞可能是數據錯誤，論述立場不同，或讀者因種種原

因而忽略的議題，但無論如何，它的影響力非常可觀。

重要的是我們仍然要依賴兩者：知識和良知判斷，來辨別新聞的真假，甚至突破假新聞以假亂真的話語霸權，不要被網路上看起來很多人按讚的假訊息迷惑。

這本書從臺灣出發，由政治大學傳播學院和臺北藝術大學最專業的新聞傳播學者合力撰寫，因為我們對假新聞的問題感同身受，也是很切身的關懷。本書希望把教學研究和實務做最佳整合，提供讀者最好的指引。

很多假新聞發生在國外，像美國、歐洲、中南美洲、大洋洲、非洲或其他亞洲國家、不同國家也會採取不同的角度看假新聞，因此別有所見。我們希望這本書的假新聞不只以英語世界的文化作為出發點，更能加上不同國的例子，也指出臺灣本地的問題，為你解惑。

最後，希望讀者能多多質疑，也會判別網路信息的可靠性；能學會看得出廣告和新聞報導的差別，然後也告訴你的朋友、家人，我懂得什麼是假新聞，也不會在網路上亂傳。希望你能善用本書提供的例子和

技能；你愈會質疑，就愈能挖掘真相，對於社會健康
發展愈有幫助。

假新聞無所不在，讓數位時代的新聞事業必須肩
負起新的責任。我們每個人也有我們的責任。希望這
本書讓大家一起認真關注「假新聞」製作的意圖、加
工，和為何這樣寫而不是那樣寫的問題。

蘇　蘅

2020 年 7 月

第五章

畫面不一定就是真相
影音新聞篇

第六章

假新聞與問責

第一章

假新聞的定義和發展

本章作者｜蘇　蘅

■ 學歷／政治大學新聞學研究所博士、密西根州立大學傳播學碩士

■ 現職／台灣聯合大學系統副校長、政治大學法學院教授、聯合報「名
　人堂」專欄作家

■ 經歷／國家通訊傳播委員會主任委員（第三屆）、中華民國新聞評議
　委員會委員、衛星電視公會新聞自律委員會委員

假新聞現場

　　2022 年 2 月 4 日起的春節期間，許多民眾從社群平臺或網路群組收到這則訊息：「這 14 天全省的全家便利商店都不要去，因為他們的物流公司 15 個人染疫，物流貨運車裡面的物品全省相互來往！」

　　訊息發出前幾天，中央疫情指揮中心證實，全家便利商店的物流公司「日翊文化行銷公司」的桃園大溪倉廠區，傳出員工確診事件，2 月 2 日起暫時停工，遵循桃園衛生單位指導，進行環境消毒、疫調匡列和採檢。

　　台灣事實查核中心在上述訊息傳出後，立刻展開查證。查核中心指出，全家便利商店公關經理何敘米說，該廠區相關人員配合採檢，截至 2 月 5 日，有 13 名員工和 16 名員工家屬確診。防疫醫師也指導 250 名員工從 2 月 2 日起隔離 14 天，1,000 人進行預防性隔離 5 天。尚未發現擴及到該廠區其他區域、辦公室和司機運輸人員。

　　中央疫情指揮中心指揮官陳時中在 2 月 5 日的記者會也指出，日翊物流於 2 月 5 日當日未再增加同職場員工確診，而是新增 4 名員工家屬。已隔離的 250 名密切接觸者

與 1,000 名預防性隔離者 2 月 6 日將進行二次採檢。

　　事實查核報告指出兩個錯誤：

　　1. 事實不對 ： 物流公司廠區已在 2 月 2 日起停止配送，也配合疫調匡列、採檢和環境消毒，由其他廠區支援運能。傳言描述不符實況。

　　2. 傳言說「不要去特定通路 14 天」，並不必要。查核中心根據長庚大學醫學生物技術暨檢驗學系特聘教授施信如的說法，「目前沒有直接證據顯示新冠病毒可以透過物流傳播，建議遵循勤洗手等防疫原則，去公共場所也應戴口罩，無須因此不去特定場所」。

　　事實查核中心因此宣布，這是一則錯誤訊息。

假新聞氾濫的時代

1. 無所不在的假新聞

　　除了上述新冠疫情的假訊息事件，社群網路崛起後，廣義的假新聞有了全新生態、全新挑戰。假新聞是個近年熱門的名詞，狹義定義是「新聞媒體單方面編造的虛構故事」，例如 2005 年的王育誠「腳尾飯」事件、2007 年三立新聞臺「二二八事件報導爭議」，2016 年川普競選總統連任，美國有無數網站刊載選舉假新聞以賺取廣告收入。2022 年 2 月，俄羅斯入侵烏克蘭，網路瘋傳各種戰況畫面，其中一段俄羅斯攻打烏克蘭傘兵的影片，其實是俄羅斯 2016 年的演習畫面；甚至還有 YouTube 軍事模擬遊戲的畫面，包括交火聲音和空襲警報的音效，意圖以假亂真。很多都是截取過去軍演畫面、甚至電玩場景的「假新聞」，和俄烏戰爭無關。

　　很難想像幾年前，很少人聽過「假新聞」一詞，如今卻相當普遍。新聞媒體的新聞造假事件，曾經引

發社會震驚與譴責；然而，這些事件屬於媒體專業和倫理範疇，相對容易辨識及究責。但是近年社群媒體助長假訊息傳播速度，誤導民眾對訊息正確的判斷，甚至在網路分享傳播具偏見或惡意的訊息，對社會造成更大衝擊。

《紐約時報》(*The New York Times*) 曾經調查，為何民眾會有病毒式的假訊息傳播？主要是民眾很難辨識訊息來源是否可靠。處於資訊氾濫時代的民眾，只有極短時間能處理訊息，無論是被誤導或難以正確判斷，都是假訊息易於傳播的主因。

這種無所不在的假訊息或錯誤資訊，現在有個共同常用的名稱「假新聞」(fake news)，但是聯合國教科文組織 2018 年出版《新聞工作者手冊》提醒大家，不要認為「假新聞」一詞很容易望文生義或只是一般人理解的意思，其實這個概念比直觀的意義更複雜。我們看看以下的例子。

2018 年 9 月底，印尼蘇拉威西島發生強震並引發強烈海嘯，造成千餘人不幸喪生。隨後，社群媒體上流傳各種謠言，有稱當地還會再發生另一場大地震，

也有將 2004 年南亞海嘯照片移花接木的貼文。這些以真實災難為素材的假新聞，在社群媒體上發酵，使恐慌升級。

2020 年全球爆發新冠肺炎疫情，與疫情相關的假新聞提供很多「健康建議」，但這些建議往往會造成災難性後果。例如，伊朗曾經有人誤信飲用工業用酒精可以治療新冠肺炎，導致多人中毒死亡。有些建議因為讓民眾自認安全，因而拒絕遵從政府的衛生防疫建議。英國民意調查公司 YouGov 和《經濟學人》(*The Economist*) 雜誌在 2020 年 3 月的調查發現，約 13% 受訪的美國人認為新冠肺炎疫情是虛構的，另外有 49% 的人認為病毒是人為製造的。

2022 年美國俄亥俄州立大學心理系教授法茲歐 (Russell H. Fazio) 研究結果顯示，2020 年新冠疫情爆發以來，很多人改變日常行為；由於網路上不實訊息很多，如果人們對疫情認識愈不足，愈不易保持社交距離，也不知道施打疫苗的重要性，無法自我保護，也愈容易成為染疫者。荷蘭研究也有類似發現。

由此可知，假訊息的危害，最大問題出於無知和

無法正確判斷。「假新聞」造成人心惶惶，甚至危害健康和生命安全，不只在天災或意外發生期間，像美國很多選民相信川普 (Donald J. Trump) 總統的話，認為疫情不嚴重，甚至連選舉時也對川普深信不疑，成為民主政治的「真災難」。

2. 假新聞的代稱「虛假訊息」

歐洲議會則說，比起「假新聞」，他們更喜歡用「虛假訊息」(disinformation) 一詞，因為很多虛假訊息是為了經濟利益或故意欺騙而編造，它的內容不但被證實為虛構，也可能誤導他人判斷。虛假訊息會產生深遠後果，因為它不但妨礙民眾知道正確訊息作為判斷依據，也影響民主政治的決策，假訊息傳播更威脅民眾健康、安全，加深社會緊張對立。

大家最熟悉的「假新聞」用法，來自 2016 年的美國總統川普。川普常用「假新聞」一詞指責媒體，並說「假新聞不是我的敵人，是人民公敵」，川普用「假新聞」攻擊媒體，主要目的在破壞民眾對新聞媒體的信任，這種指控更抹煞很多媒體用心監督政府的努力。

　　根據美國 NBC 新聞報導分析，2019 年最常在臉書傳閱分享的虛假資訊和未經證實的「治療」(cares) 及「癌症」(cancers) 有關。這些訊息在社群媒體有 1 千 2 百萬人次的分享，共同特色是指稱政府和醫學單位正隱瞞重要醫療健康訊息。英國《衛報》(*The Guardian*) 就批評，網路上太多假醫療資訊流傳，卻缺乏科學證據，危害不小。

3. 醫療假訊息傷害很大

　　美國「醫療衛生記者協會」(Association of Health Care Journalists) 指出，人們必須仔細辨別網路消息的可信度，因為就是有一些「有心人士」想利用不實訊息，來促銷特定產品或抹黑對手經營的產品。英國「癌症研究中心」因此要求社群網絡應該採取「重要」行動。英國慈善機構的健康訊息官員也呼籲：「隨著臉書愈來愈被當作新聞來源，如何防止有害的健康訊息被傳播，變得非常重要。」

　　目前全世界很多國家已認知假新聞或虛假訊息已成為不同國家或民眾利用科技、尋求優勢的新途徑，

也是造成社會傷害的新方法，因此呼籲民眾注意，有關科學證據的資訊，一定要由有公信力的來源提出。由於假新聞類型太多，民眾要多以懷疑態度看待網路訊息，也不要成為隨便傳播分享的幫手。

2020 年年初新冠肺炎疫情爆發，各國傳出新一波假新聞危機。例如，1 月 26 日新加坡衛生部 (MOH) 公布一則網路上流傳的謠言，宣稱星國有人死於新冠病毒，但星國衛生部否認，重申新加坡無人死亡，也澄清「有 1 百名來自武漢的旅客被拒絕入境」的謠言並不正確。

彰化縣衛生局在同年 1 月下旬，接獲民眾舉發有人在 IG 傳播假消息，聲稱彰化某醫院的醫護人員到大陸遊玩，回國後疑似有肺炎症狀，醫院也封鎖病人被隔離的消息，後來證實是國中生加工亂傳的假消息。縣府除了更正說明並要求下架假訊息外，也提醒民眾切勿轉傳，否則最高可以重罰 3 百萬元。

4. 民主國家如何處理假新聞／假訊息

網路世界裡，任何人都可將任何訊息上傳，即使

沒有接受任何醫學專業訓練也一樣。另外，也有政治人物為了操弄民眾意向而釋放假新聞。除了健康或政治類假新聞，還有很多經由臆測或刻意捏造的不實新聞，例如車禍傷亡、意外發生、選舉舞弊、社會動亂，都可能是假的。

國際新聞協會 (International Press Institute) 2021年公布，目前全球有 17 國正式頒布假新聞或假訊息相關法律。不過，各國應對假訊息的政策措施，從法律到教育政策都有，相當多元。有些國家把假新聞定位成刑事犯罪，有些國家強調在教育面加強數位素養的學習，來減少假新聞擴散。例如，德國制定一項打擊「仇恨言論和網路假新聞」的法律，稱為《網路執行法》(*Netzwerkdurchsetzungsgesetz, NetzDG*)，2018 年元旦生效，採取極為嚴厲的措施。新加坡國會經過 5 個月的辯論，提出《防止網路錯誤資訊和操縱法》(*Protection from Online Falsehoods and Manipulation Act, POFMA*) 新法案，2019 年上路，舉凡妨礙社會安定和信任，破壞國家安全和主權者的虛假訊息都列入懲處。

　　法國議會於 2018 年制定法律，主要目的在於管理選舉期間的假訊息。該法允許政黨或候選人在全國大選前 3 個月，如果遇到假訊息，能夠向法院申請發布禁止假訊息的禁令，主要因為政府調查發現，這段期間明顯出現假新聞機器人在網上傳播明顯錯誤的假訊息，並大量分享給網民，目的在影響選情。

　　希臘於 2021 年通過規範假新聞的法律，任何該國公民如果在網路散播健康方面的不實資訊，最嚴重可處 5 年有期徒刑。

　　英國國會認為假訊息對民主政治傷害很大，展開一系列調查和研究。結果發現，假新聞一詞使用氾濫，但目前沒有辦法明確說明是什麼意思，也不易達成有共識的定義。國會調查委員會的結案報告指出，假新聞是透過宣傳和政治上的偏見，以新聞形式出現，但假新聞也不斷演化出新形式；假新聞的扭曲或不實內容，會增強某些人的既有觀點，也讓人排斥不同意見的內容，往往產生「兩極化效應」，使人們無法根據客觀事實理性思考。英國的通訊管理局 (Ofcom)、廣告標準局 (ASA)、選舉委員會 (the Electoral Commission)、

競爭與市場管理局 (CMA) 都認為，社群平臺必須對內容、數據和行為負責，展開對科技公司管理和法律責任等法制化的討論和行動。

美國國土安全部在網站指出，經過 2016 年美國總統大選和英國脫離歐洲的公民投票，可以看出我們現在生活在一個「後真相時代」(Post-truth Era)，這兩個事件反映了選民的政治判斷主要是基於訊息真實的掌握，然而由於公眾用來澄清和理解現實的機制遭到破壞，近年謊言氾濫，並在公共領域大肆流傳，可能造成誤判和不同結果。

國土安全部指出假新聞有以下特色：

(1)精心設計的訊息或論述，無論是真是假，都可以迅速在網路傳播，因為網路生態具有容易使用和互聯的特性。

(2)宣傳者容易利用現有網路傳播的流程，製作客製化的假訊息，社群媒體的網絡平臺和網路互聯特性，更容易在公共空間快速傳播虛假或故意誤導的訊息。

(3)假訊息本身從製造到傳播的過程，如果來自敵對國家，將因其惡意或故意的動機造成犯罪，破壞民主，

增加公眾不和，甚至威脅民眾健康和認知安全。

因此，無論是假新聞或假訊息，尤其是政治或經濟層面的假訊息，可能為了獲利或政治破壞目的，誤導公民，歪曲事實，更破壞對訊息系統本身的信任。

2016 年以來，各種通俗雜誌或科學、學術期刊都曾討論真相和假新聞現象的關係，全球新聞雜誌如《時代》、《經濟學人》，臺灣的《商業周刊》、《天下》也曾以假新聞為封面故事大篇幅報導。近年來，新聞工作者和心理學者、政治學者出版許多書籍和文章，描述這種現象及其來源、影響，還有與之抗衡的可能工具。一方面深入了解是否確實存在一種後真實現象，使人們很難辨別真實，澄清真相；另外也關心人們如何提高這種掌握真實的能力，更能理解這個複雜現象的成因並解決問題。

2021 年 1 月 6 日，川普的支持者闖入美國國會大廈，試圖阻撓拜登 (Joe Biden) 當選美國總統的認證作業，演變為流血暴力衝突，釀成死傷。美國各界檢討假新聞在這起事件中扮演的角色，以及假訊息如何讓人們走到關鍵一步。過去認為假新聞是川普攻擊主流

媒體的籠統術語。假新聞被武器化之前，是利潤豐厚的點擊誘餌工具，然而政客一再於選舉中操作，成為威脅、仇恨甚至煽動非法的溫床。假訊息肆無忌憚的傳播，成為選後川普支持者抵達國會大廈「阻止選舉被偷竊」的行動，從虛擬到現實世界造成了嚴重後果，在這次事件顯現。

5. 臺灣對假新聞的爭辯

　　臺灣和很多國家一樣面臨各式各樣的假新聞，需要快速澄清或處理。2018 年臺灣發生日本關西機場事件，造成一位我國外交官自殺，引起社會對假新聞的熱烈關注。外交官遺書說，他不堪各種新聞指責他處理不力。不過檢方查出「卡神」楊蕙如涉嫌指示蔡福明等下線發文，臺北地檢署後來依侮辱公署及公務員等罪嫌起訴。

　　人們接觸到更多假訊息的原因之一，是人們上網時間變長。2012 年人們每天在社群網路的時間是 1 小時 36 分鐘，2016 年變成 1 小時 49 分鐘。目前社群媒體更成為人們主要的新聞來源，人們依賴網路訊息更

深，這種消費訊息的生活習慣改變，也是假訊息滋長很快的原因。

臺灣網路資訊中心 (TWNIC) 公布的「2020 年臺灣網路報告」顯示，臺灣的上網人口已經達 1 千 8 百萬，整體上網率高達 82.8%，12 歲以上個人曾經上網率達 83.8%，可見網路已成為人們生活中不可缺少的一環。同一份報告也指出，臺灣民眾的行動上網率是 91.3%（前一年是 85.2%），可知手機上網已是臺灣民眾普遍的生活方式。民眾使用的網路服務前兩名為「即時通訊」(14.2%)、「社群媒體」(13.0%)，可見民眾近年高度依賴社群媒體，社群媒體的即時通訊也愈來愈重要。

如今假訊息氾濫，但是人們真的關心網路消息是真是假嗎？國發會 2018 年發布的《107 年持有手機民眾數位機會調查報告》發現，對於網路上不確定真假的網路消息或新聞，有 53% 的網路族選擇透過 Google 等網路管道查證、34.9% 選擇跟周圍親友請益、9.3% 會查閱書籍，但也有 34.8% 的人完全不查證；換言之，每 3 名網路族，就有 1 名對訊息正確與否，完

全不查證。這種對網路消息不重視查證的態度，很可能導致假訊息的廣泛傳遞，甚至變成「數位野火」[1] (digital wildfire)。

假新聞在臺灣的出現，和社會、經濟及政治因素都密切相關，也造成很大的社會影響。2018 年 2 月 23 日，知名量販業者為了促銷自家衛生紙，以電子郵件與即時通訊軟體向媒體發送「衛生紙確定大漲 3 成，賣場業績急飆 5 倍」的訊息，指稱衛生紙近期將會大漲，且說「調漲時間點最快落在 3 月中旬，最慢 4 月

---

[1] 2013 年學者指出網路和社群媒體的特性是能瞬間傳播出毀滅性與非控制性的網路謠言。Digital Wildfire（2014 年 11 月至 2016 年 11 月）是英國政府資助的非營利部門「經濟及社會研究理事會」（Economic and Social Research Council, ESRC）的研究，旨在調查有害內容在社群媒體上的傳播情況，並確定如何進行數位社群空間的治理責任。主要關心網路謠言、仇恨言論和惡意活動等內容可能對個人、團體和社區產生的影響，並檢視社群媒體數據，以識別自我管理的形式，並了解社群媒體用戶如何管理自己和他人的在線行為。

前必漲」，讓收到訊息者自行推論認為大多數衛生紙品牌都會調漲，這個假消息經過主流報紙（如《自由時報》、《蘋果日報》）跟進，當天晚上各家電視媒體均已加入報導行列，民眾在聽聞消息之後，開始搶購，造成有名的「衛生紙之亂」，而且是個政府、通路、廠商、消費者四方均輸的假新聞。

假新聞一詞剛出現時，政府常常混淆「假新聞」及「假消息」，到了 2017 年 4 月行政院改稱為「爭議訊息」，並說明由於網路時代爭議訊息傳播快速，為避免造成民眾困擾，認為應用「業者自律」或「第三方協查」辦理。

2018 年行政院表示，為防杜散播假訊息造成危害，內政部、農委會、衛福部、原能會預計修正 6 個法案，包括《災害防救法》、《糧食管理法》、《農產品市場交易法》、《傳染病防治法》、《食品安全衛生管理法》和《核子事故緊急應變法》，在法案中納入禁止散播假新聞的規範和罰則。2019 年 12 月政府展開修法，加強散播不實消息的刑事責任。行政院並成立「防制假訊息危害專案小組」，提出因應假新聞的整個修法配

套。其中警察機關大量引用《社會秩序維護法》（簡稱
《社維法》）第 63 條第 1 項第 5 款「散布謠言，足以
影響公共之安寧者」的規定，移送網友到法院的現象，
內政部警政署刑事警察局官員接受中央社專訪時表
示，以《社維法》來看，假訊息的定義主要有 3 要素，
包括惡意、虛假、具危害性。儘管多數移送的案件，
遭警察或調查局找去做筆錄後，即使被送交法院裁處，
多以不罰結案。不過由於認定要件模糊，執行上經常
引發爭議。

因此可知，臺灣社會出現很多類似「假新聞」的
名詞，包括假新聞、假消息、爭議新聞、不實消息等。
不過政府後來定調以「爭議消息」為主，但民間對這
個概念並沒有共識，而是各種名詞混合使用。

「假新聞」如何造假

假新聞常見的一種形式是「虛假資訊」
(misinformation)，通常是指文字內容會以奇特情節，
把主文和產生文字的脈絡隔離，或把誤導的資訊植入

更多訊息中，藉著人物、事件或時間、空間的錯置，然後利用片段或誤植的訊息來傳給大眾。這類假新聞可定義為：故意利用虛假的資訊或新聞報導，或以模仿新聞紀錄片的形式，為達到政治、商業或其他目的而製作的訊息。

我們可以從美國近年幾個假新聞案例，看到「假新聞」如何操作及進行訊息的改造、錯置或移花接木，而成為最後看來以假亂真的假新聞。

2009 年美國總統歐巴馬 (Barack Obama) 的健保改革方案，就因為相關假訊息快速傳播，使部分政策不得不喊停。這個健保政策包括對年長者的照顧，但最後因為謠言而叫停。謠言提到接受健保方案的長者，必須安排時間和政府官員討論「安樂死」，主要議題是自己如何終結生命的選擇，這種說法令長者十分不安。

這則假消息始於前紐約州副州長麥考伊 (Betsy McCaughey)，並很快地透過保守派媒體傳開來，很多共和黨政治人物加入唱和，並為這項傳言貼標籤稱為「死亡項目」(death panel)，解釋成政府將藉著醫療改革，來掌握人們的生死，決定哪些人能納入治療項目，

哪些人只好坐著等死。這個假消息迅速擴散，引起各方注意，社會群起反對。2009 年美國知名的非營利機構皮優研究中心進行調查，發現果然有至少 3 成民眾對「死亡項目」信以為真，大幅降低歐巴馬健保改革方案的可信度和善意，最後只好刪除這個項目。

2016 年川普和希拉蕊 (Hillary Clinton) 競選總統期間，北卡羅萊納州發生的披薩門 (Pizza gate) 事件為另一著名案例。當時社群媒體突然傳出某家餐廳是希拉蕊及競選總幹事從事兒童和少年性剝削、綁架、販賣兒童的祕密據點，一名男子誤信假新聞後，帶槍掃射餐廳。

2019 年，新加坡南洋理工大學教授唐杜 (Edson C Tandoc Jr.) 來臺灣專題演講，以實際案例顯示假新聞對國家、社會的危險性。假新聞撰寫人透過模仿一般新聞的撰寫格式，使人們難以辨識出該訊息是否為錯誤的。科技的持續進步改變了我們吸收新聞的方式，即使人們知道在社群平臺上更容易接觸到假新聞，免費閱讀、快速且更具娛樂性的資訊仍使閱聽人趨之若鶩。此外，相較於傳統新聞從業人員的專業性，人們

更相信身邊熟識親友所分享的新聞、資訊，這些都加劇假新聞氾濫。

　　由於當代除了報紙、電視和網路各類新聞媒體並存，網路上的 YouTube、維基解密、LiveLeak 內容、網路智庫、激進的網站等，都有可能使用新聞格式製造假消息，推特和臉書等社群媒體、網路論壇、WhatsApp 和 LINE 這些開放或封閉的社群網路平臺，以及有億萬富翁支持的美國保守派 Breitbart 網站，提出各種議題，並成傳播假新聞的載具，無論是政治新聞、笑話、或夾敘夾議的假新聞，都容易搭事實的便車，在網路普遍傳播。美國主流媒體報導 2016 選舉年網路充斥假新聞，主要原因是產製成本低，無須太在意正確性。

　　假新聞如何透過社群媒體的分享而傳播，可能和新聞網站原本在網路上有大量的網絡系統有關，新聞媒體會用標題增加點擊驅動讀者閱讀，有些人甚至不在乎內容真假，受到標題吸引，就立刻傳送。另一原因是同溫層的社群內部傳送。國外研究發現，有些政黨把網路傳送假訊息作為策略運用，傳送的也常是有

政黨意識形態或立場鮮明的假訊息，這些假訊息常伴隨真實新聞，想要挑動對手的真實性和安定性。當然也有政黨傳播假新聞，目的在為美化負面形象，爭取選民支持。

假新聞為何難以分辨真假

假新聞的出現遠在網路發達之前，維基百科認為是美國大眾報業時代黃色新聞 (yellow press) 的衍生版或是一種宣傳，在第一次世界大戰也很普遍。美國 Collins 英文詞典定義假新聞為：「虛假，通常偽裝成新聞，以聳人聽聞的訊息，傳播報導」。使用假新聞的動機很重要，維基百科說：「假新聞的目的在誤導他人以獲取經濟或政治利益……通常以聳人聽聞、誇張或明顯虛假的標題來捕捉注意力」。

不過，網路時代社群媒體更容易成為假新聞的溫床。假新聞有時代表網路上同溫層的回聲室 (echo chamber) 效應，也就是網路上多為意見立場相同的人們聲息相通，反而阻礙民眾理解多元意見和不同聲音。

　　近年，美國總統川普和其他政治人物再度改變這個名詞的意涵，將假新聞一詞作為媒體來源的負面標籤（例如指責《紐約時報》或有線電視新聞網 (CNN) 為假新聞），假新聞不只是指不實的訊息或報導，還成為貶抑自由派媒體可信度的代名詞。

1. 假新聞、謠言和另類事實的不同

　　假新聞的定義裡包含假消息或假資訊的意義，美國在 2016 年大選投票結束後，開始探討假新聞的特質，包括類型、傳送管道、來源，以及假訊息的特質為何。

　　謠言在社會科學裡的研究已超過百年，多半都和政治有關。謠言一詞在中國最早見於《後漢書》中的〈杜詩傳〉，當時有「詩守南楚，民作謠言」，但這裡的意義是歌謠民謠，有頌讚之意，不是現在的謠言；屈原的〈離騷〉則有「眾女嫉余之娥眉兮，謠諑謂余以善淫」，這裡的謠諑就有「造謠」或「空穴來風」之意。謠言在西方歷史也悠久，至少超過百年。早年主要是口耳相傳，現在透過網路傳播，很容易出版，可

以立刻得到某種可信度，甚至迅速傳給廣大的民眾。

　　早年心理學家艾爾波特 (Gordon Allport) 和波茲曼 (Leo Postman) 的研究也發現，謠言多半因口耳相傳而產生很大的扭曲。但當今網路已成為謠言溫床，可以立刻得到回饋，經過網路轉傳，甚至被認為可信，弄假成真。

　　謠言中最特別的一種是政治謠言，不僅美國如此，許多國家也是受害者。政治謠言雖然可以查證更正，也可猜測散布謠言的動機為何，但研究也發現網路謠言效力持久，而且聽者接受後，再多更正也沒有用。

　　政治謠言是極為特殊的一種假消息形式，是接受一種「事實上沒有根據證明的訊息」。這類訊息有兩個特色：一是通常缺乏具體標準的證據，只是一種有保證的信念 (warranted beliefs)；其次，謠言不只是邊緣的信念，更透過廣泛的社會傳輸獲得影響力。因此謠言藉著社群媒體和網路，已成為頗具殺傷力的工具，不但可能是沒有根據的訊息，更可能全然是假。

　　2016 年川普當選美國總統後，其陣營使用「另類事實」(alternative fact) 一詞，並以假新聞斥責特定媒

美國總統川普在記者會上和 CNN 記者阿科斯塔 (Jim Acosta) 爭辯，
指稱 CNN 為「假新聞」（圖片來源：Reuters）。

體「造假」。「另類事實」的說法讓「假新聞」一詞變得更為模糊，訊息從單純的真與假，變成帶有政治掩護或為影響選舉而設定各種政治議題，也成為帶有誤導意圖的訊息或指涉。 美國有些內容農場 (content farm)[2]，會在 1 分鐘內發出上萬個訊息，用圖片加上聳動的文字，測試使用者是否會轉發，也可同步蒐集使用者的個資。不過多數人對假訊息沒有辨別力，手指一動，順手就轉給下一個人了。很多民眾在不知情下，共享誤導的訊息，無形中成為共犯。

2. 不同假新聞欺騙的意圖不同

學者唐杜等人在「定義假新聞」一文中提出不同於以往的概念和內涵。經過對 34 位學者論文的分析，他們認為假新聞是：⑴一種諷刺新聞，通常用於喜劇節目；⑵出於幽默目的使用虛構且模仿新聞形式的假

---

[2] 內容農場是指透過各種手段大量、快速地製造品質不穩定的網路文章，藉此爭取網路流量來獲得廣告收益或特定利益的網站或企業。

新聞；(3)捏造新聞，沒有事實依據，並偽裝成真實新聞，目的在使受眾不了解真實為何；(4)使用虛假敘述、可操縱的圖像和影像；(5)廣告偽裝成真實的新聞報導；(6)為宣傳目的意圖操縱聽眾的政治取向和態度。

因此有些假訊息背後有不好的意圖，想要傷害個人、團體、組織，甚至國家，有些只是單純的錯誤或不良訊息，但仍有事實作為依據。因此對假新聞是否為新聞的關心，逐漸轉移到人與人之間的信任和互動關係的了解。

近年討論假新聞時，更加上「新聞欺騙」一詞，可以看出大家更重視為何要在社群媒體上使用假新聞。這方面的討論認為假新聞是透過撒謊，以口語或非語文形式傳達訊息的一種行為，手法可能是隱瞞訊息，或用誤導的訊息啟動或堅持錯誤信念。這類假新聞可以分成 3 種：(1)以欺詐形式捏造新聞、(2)完全的欺騙、(3)幽默搞笑形式的假新聞。所謂的「新聞欺騙」，除了考慮假新聞中的「虛假因素」，更應考慮許多假新聞的真正目的是為了操縱讀者。

3. 深偽的挑戰：假新聞加人工智慧操作

2021 年，網紅「小玉」遭逮，因他涉嫌用人工智慧換臉技術將公眾人物頭像移花接木到性愛影片上販售，法務部刑法研修小組因此於《刑法》中增訂「製作或散布他人不實性影音罪」，在《刑法》第 315 條之 5 增列意圖散布而以電腦合成或其他科技方法製作關於他人不實之性影音或其電磁紀錄，以及散布、播送、交付或以他法供人觀覽的處罰規定，違法者最重可處 5 年以下有期徒刑，如果意圖營利，最重可判 7 年有期徒刑。

這種被稱為深偽 (deep fake) 的技術在全球日漸普遍，為了製作某人的深偽影片，創作者會先蒐集此人許多小時的影片片段，進行神經網絡分析，使其從多個角度和不同光線下，真實「理解」他或她的樣子。然後把經過訓練的網路與電腦圖形技術結合，將人物的副本疊加到不同演員身上。近年人工智慧的加入，使製程比以往更快，但仍然需要時間，才能產生一個可信的複合體。各國多認為，深偽提升了假訊息製作

的層次，加入 AI 和演算法使假訊息更真假難辨，且商界、廣告界和政治方面都多加運用，涉及智慧財產權、誹謗、隱私、資料保護及中介者責任。使問題更加複雜，有實務和法律雙重挑戰。

　　經由上述多種假新聞定義的討論，我們可以知道，假新聞具備虛假的特質固然重要，但造假是一個人或多個人共同創作，動機又分很多種，有些是無特定意圖，無心之過，但也有人為了娛樂、賺錢、造成傷害，甚至為了操縱民意，不同動機和不同類型的假新聞，將對社會、文化、經濟和政治領域產生不同影響。

　　所以，不能只把假新聞定義為任何非事實、誤導或不可驗證的訊息就夠了，還要考慮它的製作方式、在哪些管道分享；另外就是製作的意圖和屬性是為了諷刺、幽默搞笑、宣傳、甚至欺騙控制，都很重要。後者不但擴大假新聞的範圍，還思考到假新聞對接收端的影響，尤其深偽技術方興未艾，歐盟認為深偽是高度逼真的影音，對心理、財務、社會、政治造成影響。除了討論法律如何強制執行，更要考慮這種科技應用的潛力和傷害，處理起來相當棘手。

不過，因為現在人人都可以上網發表意見，轉貼各種訊息，有記者就認為，「在這個時代，我們分享資訊、分享自己的故事，我們就是出版者，所以我們應該要承擔責任」。作為媒體內容消費者的閱聽人在接收訊息時，應獨立地判斷與批判訊息內容，而不是照單全收。

假新聞的使用與媒體素養

皮優研究中心 2016 年的一項調查顯示，大約三分之二的美國成年人 (64%) 表示，對於捏造的新聞報導和事件事實感到混淆；23% 表示曾經於 1 個月內分享過假新聞。2016 年，史丹佛大學針對 8 千名初中生進行研究，發現有高達 82% 的人無法辨別新聞真偽，認為廣告付費的置入性行銷也是新聞。著名期刊《科學》(Science) 曾刊登一篇追蹤 11 年、關於網路謠言傳播的重要研究，作者用推特上的謠言來觀察人們傳播真或假訊息的行為，發現人們很少傳播真新聞，前 1% 的假新聞很快從 1 千人擴散到 10 萬人，但真新聞的擴散

卻不到 1 千人；假新聞的散播速度是真相的 6 倍之快；另外，假新聞比真新聞多 70% 的可能被分享轉推。對此，研究者表示，散布假新聞和真新聞在速度與廣度上的差異，不能怪罪到機器人假帳號上，完全是網民要自行負責。

新聞真假與否為何很難用法律規範，訊息的真偽也難以判定，最主要原因可以歸因於人們利用網路，可以輕鬆地進行大規模溝通，也難以看出媒體環境中藏著隱而未見的偏見。

2019 年的一項調查顯示，73% 的受訪者說不會對假新聞採取任何更正的行動，只有 12.1% 的人說他們會在網路發表評論，表示消息有誤；11.4% 的人說，他們會告知發布假消息的人發的消息是錯的；6.5% 的人說會在自己的社群媒體上更正；12.2% 的人說他們會舉報並希望貼文被刪除；12.1% 的人會不再相信或取消錯誤訊息的貼文。因此可知，多數人不會對錯誤訊息採取積極行動。

對於假新聞的回應消極或積極，一般認為和「媒體識讀」相關。一個具備媒體識讀能力的閱聽人能批

判思考自己所接收的各類媒體內容，包括來自報章雜誌、電視、廣播、電影、廣告、電玩、網路及新興傳播科技。

「媒體素養能力」又稱為「媒體識讀」或是「媒介素養」，指個體對於大眾傳播媒體的解讀與使用的能力，包括如何取得、分析、評估與使用的能力。實證研究中，媒體素養的培養與評估也多偏重於閱聽人是否能辨識媒體訊息所傳達的動機與目的，以減少被訊息訴求說服的機會。因此在一個新媒體環境中，如何建構閱聽人對假訊息的識辨力，需要閱聽人感知這個議題和自己相關，但是更重要的是有足夠的「媒體識讀」力，覺得自己有解決假訊息問題的效能。

目前在假訊息的媒體識讀探討，唐杜等人於 2018 年提出的 「閱聽人的查證真實行為」 (Audiences Acts of Authentication, 3As) 頗受重視。 他把查證行為分為內部驗證 (internal) 與外部驗證 (external)。內部驗證為閱聽人初次接觸到新聞內容時的判斷過程，分為「自我」、「消息來源」和「內容資訊」。「自我」為讀者以自己的經驗和洞察力來判斷；「消息來源」為確認內容

來自可信的機構；「內容資訊」則是檢視文中的用語、陳述是否符合邏輯。外部驗證為，當內部驗證後仍然懷疑資訊真實性時，從周遭的人際網絡與組織機構中，無意或有意的查證行為，因此形成一個整合的思考和行為架構，重視閱聽人對來源和內容的雙重判斷力。

本書內容與重要議題

探討假新聞的案例和研究近年大量出現，表示這個議題實在太重要，影響層面也太大了。由於訊息多元，來源複雜，且網路上很容易形成同質意見社群的群聚，甚至拼貼合製訊息容易，以假亂真，因此如何理解外在世界的「真實」是什麼，變成很大的挑戰。只靠 Google，或只依賴網路為唯一訊息來源，容易成為假訊息的受害者。在一個人人可以發聲，但又一人一把號的時代，人們如何找真相呢？本書希望帶讀者深入理解假新聞的不同面向。這一版也更新內容和重要案例，特別加入臺灣事實查核和打假的更多作為，以及世界各國打擊假新聞的新科技和法規政策，全球

主要社群平臺也加入聯手遏止防範假新聞的新行動。

第一章介紹假新聞的源起、定義和各種不同類型的假新聞，也包括更新的假新聞的案例。從主要民主國家和臺灣處理假新聞的策略或法規看出假新聞對很多國家已經造成很大挑戰，讀者可以一覽假新聞的基本概念和多元複雜的面貌。

第二章由王淑美為讀者勾勒出假新聞的科技面向，剖析新科技強化假新聞傳遞模式的新發展，為社會帶來新衝擊。說明假新聞使用去中心化的資訊傳遞模式以假亂真，其產生背景有些是因為傳統媒體式微，另一重要原因是人們未經深思熟慮的分享，涉及人性的重要面向，但也因為傳統媒體喪失公信力，才造成惡性循環。

第三章鄭宇君更新假新聞的類型，更全面地從社群媒體角度，討論假新聞的類型與影響，並說明假新聞如何破壞社會信任，但也促成更多事實查核組織的出現，增加事實查核新策略的說明。包括大西洋的另一頭，美國新聞業興起政治事實查核，臺灣、香港的假新聞查核機構也不遑多讓。社群媒體不僅是當前人

們用來社交的平臺，也是人們獲取新聞的主要管道，需要讀者把懷疑的態度轉為積極的查證，才能辨識在我們周遭那些充滿偏見、虛假與低劣的新聞。

談了這麼多假新聞的種種，目前國際事實查核組織如何更進一步的制假、打假？如何教育民眾辨假？對抗假新聞最重要的就是找尋真相，陳百齡在第四章帶讀者理解「如何進行事實查核」，細剖如何從查核對象、方法流程、資源配置，以及報導管道追求事實，最後增加最新又重要個案的討論，深入淺出讓我們了解事實查核並不簡單，也需要專業。

第五章劉蕙苓深入討論假新聞影音類型的製作、操作和新案例，發現問題重重，且涉及環節廣泛，影響深遠。尤其是影音新聞造假的案例，被人有意無意利用當代數位工具和科技進行，說明現代即使有畫面，也不一定有真相；而且數位時代的守門人已經不單是新聞工作者的責任，而是生產資訊與消費資訊的你我也需一起努力。也說明「有畫面不一定有真相」，這是大家看待影音新聞應有的基本認識。

第六章談的是問責，蘇蘅、鄭宇君、劉蕙苓從 3

個層面切入影音新聞、社群媒體的責任，以及當代受假新聞影響最深的新聞媒體如何挑起專業的守門責任。影音新聞問責方面，劉蕙苓說明科技精進，讓一般人和專業媒體人亦不易辨識「造假」，我們已處在「似假還真」的時代。至於民眾最常使用的社群平臺，已是當下傳遞訊息最重要的媒體，鄭宇君談到平臺如何紛紛強化處理不實資訊的策略。最後，很多優質新聞媒體不斷強化查核功能，更推動新聞業本身的改革，希望和社會大眾一起對抗這波逆流，並贏回專業。

第二章

日常生活中的假新聞

假新聞環境形成的科技因素

本章作者｜王淑美

■ 學歷／英國蘭開斯特大學社會學博士、臺灣師範大學大眾傳播學研
　究所碩士

■ 現職／政治大學新聞學系教授

■ 經歷／聯合報財經記者、中國時報財經記者

假新聞現場

　　2021 年 10 月 4 日，臉書吹哨人弗朗西斯・豪根 (Frances Haugen) 接受美國哥倫比亞廣播公司節目的採訪，指陳臉書將商業利益置於公眾資訊安全之前。

　　豪根曾擔任臉書公民假消息團隊產品經理，他利用遠距工作機會蒐集公司內部文件，並於 2021 年 9 月將資料分批交給《華爾街日報》(The Wall Street Journal)。豪根指責，儘管內部研究指出集團旗下的 Instagram 對青少年心理健康有負面影響，臉書卻不做任何處理。此外，臉書對名人、政治人物的發言內容未加查核，給予差別待遇。為了留住使用者注意力，臉書演算法鼓勵煽動仇恨與怒氣，最直接的影響是推升了美國大選後的國會大廈暴動事件。

　　這不是臉書首度遭吹哨者爆料。2018 年 3 月 17 日英國晚間 10 點，《衛報》(The Guardian) 集團網站揭露臉書重大資料外洩，5 千萬筆用戶資料遭劍橋分析 (Cambridge Analytica) 收割。

　　劍橋分析是一家結合資料探勘、大數據分析與策略溝通的政治顧問公司，利用臉書遊戲不當取得用戶資料，並

用演算法持續餵養對川普有利的資訊給這些用戶，左右其政治立場。曾在該公司位居要職、頂著紅髮平頭的年輕工程師懷利 (Chris Wylie) 看不過去，2018 年站出來揭密，獲得英國《衛報》與美國《紐約時報》的大篇幅報導。

調查的過程發現，資料被外洩的不只一開始估計的 5 千萬用戶，實則高達 9 千萬用戶。政治公關有能力運用「數據點」去細細描繪一個人，包括他的性別、身分、種族、教育程度、收入、宗教信仰、居住地、社經地位、關切的議題和人格特質等。劍橋分析用「外向性」、「勤勉程度」、「對新事物的接受度」、「神經質的傾向」等心理指標對用戶加以分類，懷利在國會作證與接受媒體採訪時堅定地說：「相信我，我們知道該讓你看什麼資訊，一次、二次、三次之後，你的態度就會改變。」

原本是臉書上的心理測驗小遊戲，卻能把自己以及臉書朋友、朋友的朋友的個資整個傳送給政治公關公司。使用者的大量資料與人脈是臉書的重要金庫，其主要營收來自廣告與資料合作業務。劍橋大學心理系研究員柯更 (Aleksandr Kogan) 設計了一款遊戲 thisisyourdigitallife，最初找了 27 萬用戶試玩，但因資料管理寬鬆，最終收集了龐

大的用戶資料。 柯更離開學術機構 ， 另創全球科學研究 (Global Science Research) 公司，也帶著這些資料與劍橋分析共享。

　　當時早有知情人士寫信給臉書通報資料被濫用的事，但臉書沒有積極作為。消息曝光後，臉書創辦人、現仍身兼董事長與執行長的祖克伯 (Mark Zuckerberg) 被要求至國會作證，承認臉書未妥善管理使用者個資，犯下錯誤。

　　劍橋分析在醜聞爆發數月後已倒閉，但運用大數據資料，利用演算法操縱資訊，被視為資訊戰的重要策略，是政治公關於選舉期間所提供的主要服務。這些服務所操縱的資訊，透過假新聞的傳布途徑，足以影響公共政策與選舉結果。這些服務不會因劍橋分析倒閉而停歇。

英國牛津大學網路研究所 (Oxford Internet Institute) 指出，利用人頭或機器帳號來操縱社群媒體資訊，影響民意進而操縱選舉，假新聞流竄已嚴重干擾自由民主社會的運作與信任。

臺灣的媒體環境自由，但假新聞之多屢獲國際認證。瑞典哥登堡大學主持的 V-Dem (Varieties of Democracy) 資料庫 2019 年 4 月釋出調查資料，以專家訪談方法調查民眾對「遭受外國假資訊攻擊」的感受程度，臺灣為世界第一。這顯示臺灣的假新聞現象令許多專業人士感到高度憂心。無國界記者組織 (Reporters Sans Frontières, RSF) 2019 年 3 月發布「中國追求的世界傳媒新秩序」報告，探究北京政府控制境外資訊的策略，其中特別指出，由於語言相同，臺灣一直是中國不實資訊主要操作目標。國內學者、臺北大學犯罪學研究所助理教授沈伯洋也警告，利用資訊戰，可不費一兵一卒拿下其他國家。俄羅斯已成功將資訊戰用於立陶宛、拉脫維亞、白俄羅斯等國及克里米亞公投，持續進攻烏克蘭，並於 2022 年 2 月正式揮軍入侵攻打；而臺灣也分分秒秒處於中國網軍資訊

戰的最前線。

　　日常生活中的假新聞透過社群媒體與即時通訊群組間流竄，不僅是有點惱人、令人討厭，還可能與龐大商業利益勾結，或涉及選舉操弄，以及國家安全問題。至於假新聞盛行現象在當前的科技與社會條件下是怎麼形成的，本章將從下面幾個部分來討論。

去中心化的資訊傳遞模式

　　2020 年新冠肺炎疫情肆虐，多國政府為防堵病毒擴散而實施封城隔離，無法出門的民眾只好流連於網路上。在 2020 年首季財務報告會議上，臉書執行長祖克伯興奮地宣布 ：「現在每天有 30 億人使用臉書、Instagram 或 WhatsApp。」不過，2021 年第四季的報告顯示，臉書每日活躍用戶出現 18 年來首度衰退，臉書的成長似乎已到了極限，加上接二連三的吹哨者爆料，使公司聲譽受到打擊。2021 年 10 月，臉書總公司宣布更名為 Meta，意在開創元宇宙虛擬世界商機，同時重塑企業形象。

在臺灣，根據社交媒體營銷公司 We Are Social 與品牌管理服務公司 Hootsuite 截至 2021 年 1 月的調查，臺灣網路使用者占全臺人數 90%，活躍的社群媒體使用者約 1 千 9 百 70 萬人，平均每人每天花 8 小時上網，最常使用的社交平臺前 5 名依序為：YouTube、臉書、LINE、Instagram、FB Messenger，其中臉書、FB Messenger 與 Instagram 屬於同一家集團。

LINE 在 2019 年 10 月 LINE CONVERGE 秋季大會上首度公開臺灣使用者數據，臺灣目前有 2 千 1 百萬使用者，平均每人有 2 百名好友，臺灣用戶每日傳送訊息的總使用量超過 10 億則，平均 1 個人 1 天發超過 60 則訊息，尤以「文字訊息」的使用量最高，占比達 75%。因為訊息量大，臺灣使用者釘選對話比例也是全球最高。

2021 年 5 月，臺灣疫情升溫，進入三個月的三級警戒。根據尼爾森 (Nielsen) 公司 2021 LINE 使用行為調查，98% 的 LINE 用戶表示在警戒期間提高數位使用，增加線上影音、通訊、購物與網路新聞資訊等面向的活動。

　　從社會學家的觀點，科技不是一推出就會被大眾接受。相反地，可能社會一直存在某個需求，科技的服務正好能夠滿足，這項產品才會大受歡迎，但科技也經常帶來意料之外的發展與後果。以智慧型手機而言，其輕巧的設計賦予行動性，讓使用者可隨身攜帶，隨時收發訊息。當行動網路普及，智慧型手機就成了隨身終端機，可在各個生活片段用來連結網際網路。等車、等人、等上菜、通勤，甚至在不感興趣的課堂或會議空檔中，原本呆滯、煩悶的時間也可充分活用。

　　網際網路 (Internet) 在 1970 年代發明，前身是美國先進研究計畫網絡 (The Advanced Research Projects Agency Network, the APARNET)，是為了冷戰時能加密傳輸訊息而發明，屬於軍事用途，只限圈內人使用。

　　網際網路向外發展之初的重要技術，是由一群嚮往資訊自由主義的程式設計者無償貢獻原始碼，包括第一個數據機協定 Xmodem、第一個網路論壇原型 Usenet、第一個瀏覽器 Mosaic 等。他們想像透過網路匿名，人們不因其身分地位、膚色、背景預存偏見，更能專注於溝通，期許網際網路帶來更理想的傳播環境。

　　1990 年代起，網際網路進入瀏覽器時代，支援多媒體環境，也促進數位匯流。技術的普及讓使用者也能輕鬆自行改圖、製作影音、創立網站。下一階段部落格 (blog) 如雨後春筍般地在各處成立，YouTube、推特、臉書這類社群媒體在部落格的風潮下興起。臉書塗鴉牆的特色是讓個人資訊的更新可於其他使用者的頁面同步發布，於是每個人都成為一個小型媒體的經營者，創造出即時與共時的效果。

　　傳播學者一開始對於網際網路相當振奮。不少評論家認為部落格帶來「草根媒體」的新浪潮，有別於 1980 年代關注的全球資本與跨國媒體集團整併，草根媒體與公民記者似乎讓人民獲得發言權。人們自古就會寫日記，渴望發聲，但在封建時代的敘事權由政治與宗教菁英獨占，大眾媒體時代也僅是單向傳播，閱聽大眾雖然可以反映意見，但未必能改變內容。因此，傳播學者跟前述資訊自由主義者一樣，是帶著期許與興奮的心情來看待網際網路以及依附其上的數位平臺興起。

數位匯流與以假亂真

除了資訊傳遞的管道從中心轉為網絡，內容產製的門檻降低與普及，是另一項數位時代的關鍵特色。電腦原本只處理文字，而後隨著影像、聲音的數位化，所有形式的內容都可轉換為 0 與 1 之編碼，透過電腦儲存並經由網際網路傳送，各項軟體的發展讓內容產製與發表的門檻降低。傳播學者大聲慶賀，此後媒體不再掌握於少數產製者手中，使用者生產內容 (User Generated Content, UGC) 使得消費端不再只是受眾或閱聽人，使用者也是生產者。

跨界不只發生於生產者與消費者的分際。整個媒體環境也擁抱這趨勢，嚴肅的、輕佻的、事實的、嘲弄的文類混雜，新聞與娛樂的區分不再明顯。學者詹金斯 (Henry Jenkins) 提出「匯流」(convergence)（或譯為聚合）的概念，精準地描繪出當代的數位媒體文化。在此環境下，人人可在自己的電腦、筆電、手機上作曲、修片、拼圖，內容可脫離背景情境，能判斷真假的線索也益發稀少。「有圖有真相」是 1990 年代

批踢踢論壇的一句流行語，但當今的現實是，眼見並不為憑。

人工智慧有了突破進展後，真實與虛擬的跨界更難辨別。美國南加州大學的「光影穹頂」(Light Stage) 實驗室，設計了一個裝有上萬顆大小光源的大型圓形球體，演員只要坐進去，2 秒之內可掃描演員高解析度的臉部表情，包括膚色、皺紋等，再放到電腦進行分析，就可以做出各種視覺特效。曾在此實驗室任職的馬萬鈞博士，因協助《阿凡達》、《鋼鐵人 3》、《玩命關頭 7》等電影特效，與團隊同事獲頒 2019 年奧斯卡科學技術成就獎。不僅如此，馬萬鈞也指出，人工智慧已成功讓好萊塢明星永垂不朽，隨時都可請奧黛麗・赫本 (Audrey Hepburn) 等經典演員再出來主演新片。明星老了也沒關係，人工智慧可讓年輕時候的他／她再來當替身。

這樣的技術原本是用來拍片，但也逐漸引起模糊事實的隱憂。例如，透過掃描合成，任何人都能以名人的姿態說話，假裝自己是美國前總統歐巴馬、前總統川普、俄羅斯總統普廷 (Vladimir Putin) 或臺灣總統

馬萬鈞與南加大 Light Stage（圖片來源：聯合報系提供）。

蔡英文在發表論述，但實際上只是演員搭配特效的作品。這類技術被稱為「深偽」或「深假」(deep fake)。2018 年歐巴馬在一支影片中說「川普是個徹頭徹尾的笨蛋」，但他其實從沒說過這句話，這支影片正是由深偽技術做出來的。2019 年 5 月，美國民主黨籍眾議院議長裴洛西 (Nancy Pelosi) 彷彿口齒不清或宿醉的影片在社群媒體中流傳，看起來精神狀況不佳，後來被確認是變造過的。此類影片的製作成本持續降低，甚至只要輸入幾張靜態照片，就可產生動態影像。

歐巴馬深偽影片
這支影片中的歐巴馬，是利用深偽技術製造出來的。

　　起源於電影工業的深偽技術快速普及並且易於取得。2020 年網紅小玉於 YouTube 上傳一支影片，畫面中出現當時的高雄市長韓國瑜，影片後段小玉現身說這是他在中國網站以人民幣 150 元購得的 AI 換臉軟體，「只花了我 30 分鐘和一個配音員，我可以讓韓 X

瑜說出任何我想要他講的話。」

2021 年 10 月 18 日，警方宣布偵破「台灣網紅挖面」社群利用換臉技術，將影視、政治女性名人換臉至色情影片販售，牟取不法獲利，並循線查獲主謀即是網紅小玉。長期研究深偽的專家艾德 (Henry Ajder) 接受英國國家廣播公司 (BBC) 節目訪談時指出，「只要在社群媒體上傳自己的照片，就有可能被深偽 app 變造利用。」在法律相關規定尚未完備之下，深偽影片在網路上被快速廣傳，尤其女性特別容易成為受害者，被挖臉變造成為色情片女主角。

我們見證且利用了網路與運算科技的普及與強化功能。然而，科技往往帶來意料之外的發展，所謂水能載舟、亦能覆舟。當人人都能經營媒體，數位匯流，影音製作門檻降低，正面的影響是書寫、製作內容與意見發表的民主化，發言權不再集中於少數政經名流，然而去中心化的訊息傳布，卻是假新聞流竄的溫床。人們一直想透過科技追求擬真，照片捕捉影像，影片結合聲光，並運用擴增實境 (Augmented Reality, AR)、虛擬實境 (Virtual Reality, VR) 來模擬真實，深偽正是

這一連串發展下的最新技術。換句話說，科技真的取代了現場，卻也威脅了真實。

　　隨著媒體內容產製的普及化，網路平臺服務走向使用者生產內容，媒介平臺業者主要收入來自廣告。網路廣告像實體廣告一樣，出現在內容一旁、或交替出現，爭奪瀏覽者的注意力。Google 推出 AdSense 服務後，不只大公司負擔得起網路廣告，個人網站、部落格、 上傳影片也可憑點閱率與 Google 分享廣告收益。而這種點閱率換現金的制度也讓注意力成為商品。

　　2016 年美國總統大選期間，「假新聞」 在川普反覆提及下成了舉世聞名的熱門關鍵字，也成了新聞系課程的即時教材 。 當時有名的假新聞之王霍納 (Paul Horner) 大喇喇地接受採訪，說自己如何架設貌似新聞媒體的網站發布誇大的資訊，累積大量點閱率，也賺取豐厚的分紅。不久也有記者揭露，上百個假新聞網站追蹤至馬其頓小鎮韋萊斯 (Veles)，當地普遍失業率高，經營假新聞網站成了青少年的另類打工。其作法是轉載極端立場團體的意見，加上聳動標題，營造流量進而能靠點閱率換取收入。

假新聞網站的竄起，或馬其頓青少年的另類打工，代價是到處充斥不實消息。愈是離譜、誇大的消息，愈能引起好奇，因此假新聞往往流傳得比真新聞更加快速。可以說，商業分紅機制對於假消息的生產與流傳有推波助瀾之效。

網際網路的時代，人人都是網絡上的一個節點，也可成為收發訊息的單位。這種去中心化的結構，讓消息來源難以追查。為了爭取使用者的注意力，Google 透過多種免費服務取得用戶個資，包括信件內容 (Gmail)、網路硬碟 (Google Drive)、搜尋關鍵字 (Google Search)、瀏覽歷史 (Google Chrome) 等，官方說法是「提供更精準的服務」。

社群媒體也運用演算法，追蹤瀏覽時間、內容、點閱數、按讚數，判讀使用者感興趣的內容，並以此類型推播，讓人愈看愈離不開頁面。演算法成為我們獲取資訊的篩選機制，由我們的瀏覽紀錄決定下一瞬間接收的內容，這也形成了「同溫層效應」，對於圈內傳播資訊少有異議，人們對於假新聞的分享也難起疑心。網絡結構結合演算法，使得假新聞牢不可破。

未經深思熟慮的即時分享

前述網際網路結構與社群媒體演算法機制，形成去中心化的訊息生產架構，而行動上網普及，則使各種資訊能透過人際網絡即時傳遞。透過智慧型手機的行動網絡，假新聞散播速度更快、範圍更廣。臉書從 2008 年推出中文版，LINE 則是在 2011 年才正式發表。短短幾年間，已經達到幾乎人人使用的普及率。背後的支撐力量還包括手機市場成熟，4G 收訊普及，電信公司推出吃到飽低費率方案，讓行動上網遍及城鄉與各個年齡層。接收訊息的媒介從家中電視、辦公室筆電，移轉至隨身攜帶的手機，消息來源也從傳統新聞媒體移轉到社群媒體。

工業革命以後的現代社會被認為是由效率階層結構所組成，而現代性晚期的社會與前期的關鍵差異之處，有人認為是流動與行動的社會型態。最早提出行動典範的英國社會學者烏瑞 (John Urry) 曾指出，行動 (mobility) 是當代社會最明顯的特徵。聽音樂從家裡的收音機，到隨身聽，再到可塞進口袋的播放器；電腦

從桌上型，走向筆記型，再發展成人手一臺的智慧型手機。因為生活型態已經從家庭、學校、辦公室等機構定點，演變為更加彈性與流動，資訊接收與傳遞需在移動中進行，這些貼近需求的科技產品才會一推出就大受歡迎。

獨處、通勤、用餐、排隊，在諸多行動的空檔，尤其是等待時無聊的片刻，人們習慣性拿出手機，指尖滑動一下，看看哪些貼文或訊息會引起注意。即時通訊軟體讓我們跟友人的距離只有指尖之遙，而且聯絡人可依社會關係分群組。

在這樣的使用情境下，分享的動作不是基於深思熟慮。往往愈誇大、離奇、驚悚、不合常理的消息，愈會引起我們的注意力。因為群組的成員都是熟人，可開玩笑不必嚴肅，於是順手分享給親朋好友，讓他們也看看這是不是真的，即使出錯也不會有人責怪。

新加坡南洋理工大學關於假新聞的研究指出，人們分享資訊的類型與動機，第一種是有用的資訊，人們會藉由分享，來表達對朋友的關心與照顧，「這可能對你有幫助」。第二種是對資訊內容感到心理衝擊，例

如驚訝、有違常理或名人的八卦，用來作為日常閒聊的談資。在他們的實際訪談中，有受訪者提及，曾收過「到新加坡鄰國馬來西亞會被綁架」的消息，他明知是假的卻分享，原因是「太好笑了，一看就知道是假的」，但也有人說「雖然知道可能是假的，但還是分享給朋友，反正小心為上，就算是假的也沒損失」。新冠肺炎大流行，許多假新聞宣稱喝熱水和曬太陽即可殺死病毒，沒根據的說法被廣泛轉傳。這樣的反應顯示，人們傾向輕忽假新聞的影響，不管是戲謔看待，或是認為即使是假的也沒關係的態度，都助長假新聞的散布。

　　同樣是華人社會，新加坡也有追求和諧、避免衝突的特性。因此如果是由年紀較大的長輩所傳的假新聞，晚輩通常不敢指正；而親友群組中出現的假新聞，也少有人能直白地拆穿。這點跟臺灣社會頗為相似。不過，這篇研究並未提到臺灣最常遇到的選舉假新聞——當使用者的漫不經心，遇上有心人有計畫地策動、散布，其結果是改變選舉或公共政策，所涉及的利益與權力分配都非常龐大。

　　2021 年臺灣發生幾起備受矚目的社會事件。包括藝人王力宏的離婚案件，其前妻李靚蕾公布的付費單據顯示，購買點擊留言的產業鏈已然成熟，藝人的形象、作品銷售榜、網路人氣可輕易用金錢購得。立委高家瑜被前男友林秉樞暴力相向、限制自由，偵辦過程也顯示，軟體傳輸變造影像不僅成為詐騙工具，政治公關帶動網路鄉民討論風向也成為常態。使用網路時若不假思索分享，將使自己成為網軍一員，且分享同時也訓練了演算法，以致被推薦類似文章，陷入虛假資訊的監牢。

傳統新聞媒體之沒落與失信

　　根據主計總處調查之家庭主要設備普及率，報紙在 1986 年達到高峰 66.26％，2017 年跌到 10.84％。1999 年首度調查行動電話時，普及率 60％，到了2017 年已逾 95％。換言之，臺灣解嚴之後，隨著媒體解禁，網際網路開始發展，報業即逐漸走下坡。相對地，行動電話普及率直線上揚，智慧型手機加上行動

通訊網絡的布建，手機成為人們接觸訊息的主要管道，而且是通訊、娛樂、資訊混雜的平臺。

傳統新聞媒體的沒落並非始於一朝一夕。當新聞媒體走向網路，未採取訂閱制，而沿用商業平面與電子媒體以內容吸引閱聽眾換取廣告費的方式，即鑄成了今日的局面。

網路承載數位媒介內容，以及數位匯流的特性，讓雜誌、報紙、電視、廣播等原本不同形式與週期的新聞媒體匯集到同一網路平臺上競爭。新聞界原本就追求速度，事件發生後能最快將消息報導給公眾，是新聞專業能力的重要指標。網路興起之初，更新週期較長的媒體即將網路視為轉機，可以更快更新、觸及更多消費者。數位化科技縮短每則新聞製作的時間，也使新聞得以更快更新，新聞不再滿足於「發生了什麼事」，而意在傳達「正在發生」的情況，與進行中的事件更趨近同步。然而，儘管科技有助於用更短時間製作與傳輸新聞，等待事件、進行採訪、構思題材、查證比對的時間並不因而縮短，但數位匯流已使媒體原本的特色變得模糊。

　　機構產生的新聞報導與其他各種形式的來源一起在網路平臺上讓人免費閱覽，尤其是當社群媒體已成當代接觸資訊的主要管道時，經仔細查證的報導，與線上友人搞笑嬉鬧的梗圖，混雜在同一媒介的資訊流上穿插出現，難以辨明孰輕孰重。另一方面，機構媒體為了創造分秒更新的流量，吸引消費者的關注，運用串流機制與其他來源同步訊息。此舉固然可使新聞媒體的報導條目大增，但也使得媒體內容與其他平臺同質化，大大降低其獨特性。

　　再者，為何商業媒體想要透過網路爭取消費者？第一個原因是網路廣告的機制，當媒體能掌握到愈多的點閱率、瀏覽時間，即可換取愈多廣告收入。第二是經由網路介面，媒體更能掌握消費者的特性。網路看似匿名，實際上卻留下每一步「數位足跡」。網站會在用戶端瀏覽器留下追蹤器，掌握使用者的閱覽過程，不少人透過社群媒體平臺近用新聞媒體報導，這時媒體就能掌握其基本資訊。演算法標榜能提供貼近興趣內容的另一面，也就是資料換現金的機制：大量且完整的使用者資訊是炙手可熱的數位行銷資料庫，也被

稱作是比石油更珍貴的「數位黑金」。

　　美國媒體經濟學教授皮卡特 (Robert Picard) 認為，在當前網路環境下，新聞機構逐漸發展成兩類產製模式，一是服務模式 (service production mode)，另一是精工模式 (craft production mode)。大型商業新聞機構屬於前者，他們致力使新聞快速散布於多螢平臺，大量倚賴通訊社、其他內容產製機構，以及閱聽公眾提供的內容。但這種重視通路更甚於採訪製作新聞的態度，改變了員工的實際工作與所需技能，抵觸資深新聞工作者長期以來所受的訓練與信仰的價值。新聞工作者紛紛離開大型機構，興起創業潮，以專題方式經營議題並深度報導，透過網站直接與讀者互動，也就是精工模式。不過因為人力與資源的短缺，小眾新聞網站無法做到傳統商業新聞機構的廣泛布點，報導內容多元性勢必受侷限。

　　臺灣的新聞媒體環境也可看到上述兩種模式的經營策略。老牌大型商業媒體努力使新聞可在多螢平臺上觸及閱聽大眾與消費者。網路點閱率雖使媒體更能洞察使用者，但點閱率高的新聞未必是好或重要的新

聞，而求快與求多的策略，使得新聞的品質大不如前，也可能成為假新聞散布之幫兇。媒體承受獲利壓力，縮減投資於最耗費時間與資源的深度、調查採訪，進而擠壓新聞人員薪資；多工求快之餘，許多追求點閱率的任務讓第一線記者感到啼笑皆非。近年來許多線上新聞平臺創立，但人力與資源有限，他們多半採取議題性的報導，無法顧及傳統新聞媒體長久耕耘的眾多路線與廣泛主題。惡性循環之下，新聞媒體也失去公信力。

新聞記者挖掘議題、查證消息的訓練，原本是破除假新聞的最佳利器。但新聞媒體也一同沈淪，大眾缺乏便利且普及的查證管道，最終使以訛傳訛的現象加劇。以臺灣新聞環境而言，網路熱議、監視器錄影、截圖爆料都可成為新聞題材，而媒體與政商金主共生的結構，早就讓人懷疑新聞報導之立場偏頗。換言之，專業新聞機構的虛弱不振，也是滋養假新聞至氣焰囂張的溫床。

小 結

　　謠言自古就有，可能從穴居人時代，或人類懂得用語言溝通後就開始存在。漢代劉向所編之《戰國策》中記載三人成虎的歷史故事：市街上明明沒有老虎，接連三人說有，就足以扭轉真實。讒言的可怕在於眾口鑠金，當代的假新聞現象則與傳播科技特性緊密相依，因此本章從科技面向來解析假新聞形成的環境。

　　當討論假新聞時，人們多半的典型反應是「我不看廣告，假新聞對我影響不大」。的確，一開始大眾對假新聞的想像只是很討厭而已，且多數人認為自己不會「笨到被騙」。2018 年劍橋分析事件之後，大眾才認識到，假新聞其實早就紮根在我們的日常生活之中，而且影響力超乎想像。

　　假新聞雖然是流行語，以及當前各界關心的熱門議題，假新聞環境的成形卻早在網際網路普及，網路媒體走向廣告商業模式之初就埋下遠因。網路可即時、去中心地傳遞訊息，因此只要連上網路就可對外發聲。到了行動網路時代，人人都能從指尖轉傳消息，訊息

的傳播更常是在不加思索的片刻中發出。在此同時，電腦科技讓內容產製的門檻降低，不僅在個人電腦上，即便在手機上，只要透過各種應用程式，就可創作出專業媒體等級的形式。這項特質也使得數位內容常被變造，甚而近日深偽技術的擴散，影片中說話的人是否確實有發言，都真假難辨。

以往，傳統媒體與政治經濟勢力掛鉤，被認為輸出既得利益者的意識形態，助長既有霸權，傳播學者因而鼓勵利用網路，讚揚部落格等自媒體或草根媒體。但傳統媒體的發言至少可追究來源，而在網際網路益發複雜的深化結構裡，數位平臺去中心化的訊息交換，速度快卻難以溯源。為了補救，許多團體開始致力於事實查核，但網絡化的假訊息產製參與者廣且傳遞非常快，以中心來確認權威的方式，速度太慢，往往等到查核中心公布時，謠言已自清或傷害已成難以回復。2018 年大阪風災造成關西機場關閉時，我國駐日外交官蘇啟誠遭假新聞攻擊，在千夫所指之下自殺亡故的不幸事件，正是一例。

此時，假新聞已成一團難解之結。有人倡議，由

社群平臺標注假新聞，或要求網路大擘聯手阻擋深偽技術，但這些都不會根絕假新聞。因為假新聞的本質就是謠言，而謠言中往往混雜真假訊息，對於七分假三分真，或是六分假四分真，網民是否有耐心逐一檢視事實查核後所呈現的複雜資訊？

假新聞也很可能被有心人或集團所操控，演變為國家級的資訊戰，尤其在選舉期間造成競爭對手之間的消長，進一步導致社會對立與意見極化。民主國家的選舉涉及巨大資源與權力的移轉，意味假新聞的操弄可換取龐大利益，也為假新聞的創造提供甜美誘因。也因此，若網路參與者始終以輕忽的心態看待假新聞，隨意分享以致成為錯誤資訊擴散的幫凶，假新聞的現象與嚴重性仍將持續擴大。

第三章
社群媒體平臺與假新聞擴散

本章作者｜鄭宇君

■ 學歷／政治大學新聞學研究所博士、政治大學新聞學研究所碩士

■ 現職／政治大學新聞學系教授

■ 經歷／香港中文大學訪問學者、卓越新聞獎基金會評審、中華傳播
　　學會理事、經濟日報金融組記者

假新聞現場

　　2020 年 12 月，美國政府批准輝瑞 (Pfizer)、莫德納 (Moderna) 藥廠的 mRNA 新冠肺炎疫苗上市，並展開大規模施打，以扼止境內嚴重的疫情，此時社群媒體平臺開始出現大量關於 mRNA 疫苗可能改變人體遺傳物質的假訊息。這個假新聞有各種變異版本，但內容都圍繞在「輝瑞、莫德納的 mRNA 疫苗會直接干預患者的遺傳物質，要民眾暫緩施打。」儘管衛生主管單位、科學家、事實查核組織一再指出這是錯誤訊息，但它仍然以不同版本、被譯成不同語言在社群媒體流傳。

　　舉例來說，其中一個是從英文轉為簡體中文的版本在華語世界流傳，訊息一開頭引用美國名人羅伯特・甘迺迪 (Robert F. Kennedy Jr.) 的發言：「為什麼要不惜一切代價禁止和避免使用 COVID-19 疫苗，這是疫苗接種史上第一次，也是最新一代的 mRNA 疫苗，它會直接干預患者的遺傳物質，從而改變代表基因操縱的個體遺傳物質。」中間一大段描述夾雜很多醫學術語來矇騙一般大眾，重點在於結語的恫嚇：「這種疫苗會對基因造成損害，而這種損壞是

不可逆轉與無法彌補的。」最後呼籲大眾：「寧願等待保守的疫苗，減弱毒性的病毒，就是我們平常接觸的疫苗。大不了沒用，但不會有不可逆的副作用和後遺症。請家族的人看見、提醒自己的下一代，不要隨便打疫苗！」

　　台灣事實查核中心在 2020 年 12 月 28 日發布查核報告，認定上述訊息為「錯誤」訊息，並提出查核結果：一、兒童健康防衛組織 (Children's Health Defense) 創辦人小羅伯特・甘迺迪表示，他並未說過傳言指稱「mRNA 疫苗直接改變遺傳物質」的言論。二、專家表示，輝瑞、莫德納所推出的新冠疫苗都屬於 mRNA 疫苗，是將病原的 mRNA 修飾後送入人體，施打後轉譯產出蛋白質，刺激人體免疫產生抗體，達到預防新冠病毒感染細胞的效果。三、專家表示，輝瑞、莫德納疫苗為 mRNA 疫苗，並不會直接進入細胞核，不會有傳言指稱，改變人體基因的狀況（註）。

　　在疫病全球大流行期間，社群媒體快速且大量流傳各式各樣的假新聞。上述這個例子以恫嚇語氣傳遞新冠疫苗

註：這則假新聞的查核報告可參見 https://tfc-taiwan.org.tw/articles/4872。

可能對人體產生危害的假新聞，快速在社群媒體傳播，確實影響某些民眾對於施打疫苗卻步，同時強化了反疫苗團體的聲浪。除此之外，還有更多與新冠肺炎相關的假新聞，包括病毒起源的陰謀論、各地疫情失控、各種治療偏方與藥物、傳染途徑、疫苗風險等。2019 新冠病毒不僅帶來了全球大流行的疫病，也帶來史上首次的社群媒體資訊流行病 (Infodemic)，這個新詞彙意指社群媒體流傳過多關於疫病的資訊，其中有些正確、有些不是，使人們在需要時難以找到可靠的來源和指南，更容易感到焦慮與恐慌。

假新聞破壞了社會信任

　　今日社群媒體上流傳大量假新聞，造成了嚴重的全球問題，雖然假新聞本身不是新鮮事，政黨或政治人物在半個世紀以前就經常利用大眾媒體進行宣傳或散發抹黑對手的文宣。然而，2016 年美國總統選舉成為一個重要轉折，假新聞再次成為社會的重要議題。

　　一方面，從川普參選到當選美國總統之後，他經常用「假新聞」作為修辭來打擊反對者，試圖抹黑一些積極調查他競選總統內幕的美國媒體，例如《紐約時報》、CNN 等，藉此動員自己的政治群眾。川普身為美國總統，這種作法不僅嚴重打擊新聞自由，也大大破壞人們對於總統、政府、新聞媒體的信任，使得整個美國甚至世界進入「後真相政治」(post-truth politics) 時代，這個詞彙意指人們把情緒與感覺放在首位，進而忽視真相、不顧事實的情況。

　　除了掌權的政治人物刻意操弄假新聞來打壓異己與新聞媒體之外，另一方面，社群媒體的普及與訊息快速擴散也是主因。社群媒體是當今人們接收新聞與

政治消息的主要管道，有心人運用臉書、推特等社群媒體平臺的快速傳布特性來擴散假訊息、鼓動極端立場、帶領意見風向等，不知情的一般公眾很容易受到這些假新聞與錯誤訊息的影響。這些假新聞影響了2016年美國、歐洲多國的重要選舉，撕毀了公眾對於新聞、他人與社群媒體平臺的信任。

記者劉致昕從2017年開始走訪歐洲、亞洲探詢「假新聞工廠」，了解假新聞如何發揮比軍事武器更強大的力量，捲起一場蔓延全球的網路謠言大戰，並將各國的假新聞現象撰寫成《真相製造》一書。

根據劉致昕的調查採訪發現，製造假新聞的網軍來自世界各國，以2016年美國大選的假新聞擴散為例，網軍操作的模式如下：首先，選前數週，先在幾個匿名論壇放出假消息，並主導討論。例如，聲稱維基解密公布的電郵發現，希拉蕊前幕僚在華府一家披薩店地下室經營兒童色情網站。其次，在推特、臉書吸引更多網友按讚、評論、轉發，其他網友則宣稱要爆更多料，並製作懶人包以利更廣泛散布。第三，非主流媒體（小眾媒體或特定政治立場媒體）將這些未

經證實的消息寫成新聞，獲取商業或政治利益。第四，主流新聞媒體跟進報導，政治人物引述或談論此消息。第五，被假新聞攻擊的對手或政策陷入煙幕戰，真相變得模糊。例如，一連串跟希拉蕊電郵相關、真假難辨的「新聞」不斷冒出，最後成為希拉蕊敗選因素之一。如今，這種利用假新聞大戰影響政治選舉結果的網路謠言戰爭，也蔓延至歐洲各國。

英國倫敦政經學院政治學教授貝克特 (Charlie Beckett) 指出，「假新聞」是當今社會的重要問題，特別是為了獲利或政治破壞而創造的惡作劇、超黨派的扭曲，以及惡意的錯誤信息。它們誤導公民，歪曲事實並對訊息系統本身造成損害。當代的假新聞亂象創造一種不信任、憤世嫉俗、相對主義和混亂的文化，傷害了所有人。

貝克特提醒，假新聞的情況可能會變得更糟糕。首先，某些國家政府和權力機構也把它作為武器來使用，在網路上大量釋放假消息。其次，假消息可以利用新技術和新渠道，例如封閉的訊息應用程式（像是WhatsApp、LINE 等通訊軟體），讓謊言可以傳播出去

而不會被發現。第三，社會大眾不容易意識到這是訊息生態中的系統性問題，它不可能在短時間之內被徹底「解決」。

假新聞對於社會信任的破壞，促成更多事實查核組織的出現。例如，2015 年成立的 First Draft 是結合了新聞研究機構、新聞媒體的非營利組織，成立宗旨是為了在數位時代提高人們對信任與真理的認識，並應對相關挑戰，事實查核、扼止假新聞便是該組織的重要目標。

另一方面，社群媒體公司也聯合起來對抗假新聞。2017 年 11 月，Google、臉書、推特等科技公司與 75 家新聞媒體宣布共同合作一項 「信任專案」 (Trust Project)，找出一些信任指標，提供可辨別、信賴的新聞來源，打擊平臺上的不實資訊。

當 2020 年新冠病毒對全球產生威脅時，疫苗假新聞在社群媒體大量傳播，嚴重影響各國民眾施打疫苗的意願。社群媒體面對龐大外界壓力，開始積極移除反疫苗假新聞，當用戶分享與疫情相關貼文時，社群平臺也會主動引導用戶至 Covid-19 正確訊息中心。

社群媒體常見的假新聞類型

假新聞刻意用傳統新聞媒體或社群媒體來傳播虛假訊息，目的是為了誤導大眾，帶來政治或經濟利益。假新聞為了增加讀者或網路分享，常會搭配吸引人的標題或是完全假造的新聞故事。假新聞類似標題黨[1]，財源主要是靠用戶點閱網站所產生的廣告收入；不管內容正確與否，假新聞容易取得廣告收入、增加政治上的兩極分化。

社群媒體的無所不在，也和假新聞的散布有相當程度的關係。一些沒有標示維護者或編輯者的匿名網站，也會成為假新聞散播的媒介。更進一步來看，這些虛假訊息可分為來源不明與惡意誤導二類。

第一類是出處不明的錯誤訊息 (misinformation)，例如透過報紙、電視、社群媒體以訛傳訛的錯誤資訊，

---

[1] 標題黨是指某些網路文章，經常以聳動的標題吸引人們點進去觀看內文，但內文往往平淡無奇或與標題無關，這種以聳動標題來增加點閱率的方式可稱為標題黨。

像是吃某種東西會致癌或治癌的不實健康訊息，或是某處有綁架小孩的惡人出沒請家長小心等恐慌訊息。這類訊息由來已久，只是傳送的管道由傳統媒體、電子郵件轉寄，發展到臉書或 LINE 群組擴散。

第二類是刻意散布的虛假訊息 (disinformation)，由一些特定的源頭放出消息，目的是煽惑人心，謀取某種政治或商業利益。這類虛假訊息在戰時宣傳中經常出現，而在今天的民主社會則是用來影響選舉或公投結果，特別是透過社群媒體來擴散，例如英國脫歐公投與 2016 年美國總統大選。

另一方面，有不少學者反對用「假新聞」來稱呼這些訊息，認為這些根本就稱不上新聞，而只是錯誤或虛假訊息。美國新聞信任研究機構 First Draft 研究員華德 (Claire Wardle) 指出，「假新聞」遠比外界想的還要複雜多了。她認為「錯假訊息」(misinformation/disinformation) 也許是比較好的說法，它有不同類型的內容、創造者有不同動機，還有不同的擴散與分享方式。她根據錯假程度提出了 7 種錯假訊息的類型（見下頁表格）。

錯假資訊的 7 種常見類型

錯假資訊的 7 種常見類型	操作方式
諷刺 (satire or parody)	無意傷害，但有意愚弄的諷刺文。例如鄉民的嘲諷文。
錯誤的連結 (false connection)	標題、圖片與內容不符。例如標題黨的文章。
誤導的內容 (misleading content)	資訊的錯誤使用，用來誤導或框架特定的議題或人物。例如將某人或議題「標籤化」。
假脈絡 (false context)	將真的內容放在假脈絡中分享，或是斷章取義。
仿冒來源 (imposter content)	是真實的來源，卻是假冒發言內容。例如用某公眾人物名義發言，但他實際未說過那些話。
刻意操弄的內容 (manipulated content)	刻意操弄真的資訊及內容來欺騙大眾。
完全捏造的內容 (fabricated content)	全部是假造的內容，刻意用來欺騙或傷害。

　　即使是主流的新聞媒體報導也經常出現錯假資訊，特別是誤導的內容、假脈絡、仿冒來源等，動機可能是記者迫於時間壓力來不及查證，或是政治立場所致、被政治人物發言引導。有時錯誤訊息來自於公眾人物刻意引用的假數據。例如，川普在競選辯論中引用的很多數據都是假的，《紐約時報》及其他新聞媒體在辯論過程中做了即時的事實查核，並立即顯示在網站上，讓社會大眾知道候選人發布的是錯誤訊息與陳述。

　　因此，公眾必須意識到，除了來源不明的消息可能成為假新聞，主流媒體報導的內容也可能是錯誤資訊，有時記者對公眾人物言論「有聞必錄」，內容卻是沒有證據的指控或陳述，或是新聞標題刻意以問句方式呈現一則未經查證的消息，藉此規避責任。

　　尤其現今即時新聞戰場激烈，這些錯誤訊息經由一家媒體報導並在社群媒體發布，其他媒體的即時新聞就立刻跟進；至於查證，等到有人出來澄清或更正，才會更新原來的報導。在這樣的生態裡，假新聞或錯誤資訊的出現，只要能吸引閱聽人的眼球，各家即時

新聞莫不搶先發稿而非先行查證，加上這些媒體同步透過社群媒體平臺發布，使得假新聞擴散得更快、受影響的人更多。

假新聞在社群媒體的擴散

美國、歐洲等多國選舉受假新聞干擾，主要是虛假訊息在社群媒體推特與臉書擴散所造成的影響。資料新聞記者席佛曼 (Craig Silverman) 研究假選舉新聞的病毒傳播效果，比較了 2016 年美國總統選舉期間，獲得最多臉書用戶關注的前 20 條真新聞與假新聞，計算了臉書互動、反應和評論數量，結果發現假新聞獲得 870 萬互動數，遠高於真新聞獲得的 730 萬，而在選前幾天，假新聞獲得最大的互動增幅。這顯示了社群媒體現行的互動方式，對於假新聞的擴散有強大的推波助瀾效果，許多社群媒體研究者紛紛投入社群媒體的假新聞研究，想要了解假新聞在社群媒體的擴散效應。

哥倫比亞大學的「陶氏數位新聞中心」(The Tow

Center for Digital Journalism) 主任歐布萊特 (Jonathan Albright) 使用大數據方法分析 2016 年美國大選期間，推特上使用主題標籤 #Election2016 的所有新聞網絡（含主流新聞、假新聞）的互動關係，研究發現大部分的假新聞和高度偏見新聞的流量都是透過直接的超連結、搜索引擎和傳統分享策略（如電子郵件新聞稿、RSS 和即時消息）傳達，以及社交機器人大量發布假訊息。

因此，他認為真正的問題來自於虛假的來源（如放在 Amazon 雲端的一些出處不明的網站）以及誤導性或高度偏見的信息，其次才是 Google 的廣告網絡和臉書的新聞聯播；臉書推薦用戶相關內容的演算法，會強化這些誤導情緒的訊息進一步流傳，而社群媒體的群聚效應自然會增加政治憤怒的數量。

透過大數據分析，學者發現社群媒體平臺有一個龐大的「假新聞網站」網絡，這些網站多數是設計很簡單、用相同的網頁模板製作而來，它們創造了一個即時宣傳的龐大生態系統：包括病毒式的騙局發動引擎，可對嚴肅的政治話題和新聞事件進行大規模「反

應」，立即形成輿論。這個網絡觸發了大量虛假的、帶有偏見和政治訊息的傳播，歐布萊特稱之為「微型宣傳機器」(Micro-Propaganda Machine)，意指一個可調整人們的觀點、情緒反應，並創造病毒式分享的行為，包括英國脫歐公投和 2016 美國大選結果，這種情感操縱的影響愈來愈大。

在新聞媒體揭發網軍透過假新聞在社群媒體平臺操縱選舉之後，臉書進行了事後調查，發現在 2016 年美國大選期間，有上百個源自俄羅斯的虛假臉書帳號和頁面購買了 10 萬美元的政治廣告。這些虛假帳號和頁面與俄羅斯一家名為 Internet Research Agency 的神祕公司有關，這家公司利用「釣魚」帳號在社群媒體發文和在新聞網站上發表評論。臉書指稱這些政治廣告絕大部分沒有直接提到特定的候選人，側重的是種族、移民、同性戀權利、槍枝管控等易引起爭議的社會問題，利用虛假內容來引導用戶的情緒。臉書統計這些假廣告透過動態訊息或廣告貼文在美國大選期間觸及了 1.26 億人，違反了臉書的政策，臉書已關閉和它們有關的所有頁面和帳號，並配合司法部調查。推

特、Google、YouTube 等社群媒體平臺調查後也發現
類似情況，許多人刻意使用社群媒體平臺來發布惡意
內容。

社交機器人加速假新聞擴散

　　另一方面，社交機器人 (social bots) 的運用深深影
響了社群平臺的訊息傳散。社交機器人是指利用程式
在社群媒體開設帳號與發文，因此可針對特定主題大
量發送訊息。貝西 (Alessandro Bessi) 與費拉拉 (Emilio
Ferrara) 的研究證實了社交機器人在合法的使用者帳
號掩護下，影響了 2016 年美國總統大選的公眾討論，
他們把主題標籤的選用、發表推文的時間和空間背景、
對候選人的情緒表達，以及機器人於整體社群網路的
影響性加入演算法進行分析，發現參與選舉討論的帳
號中，可能高達五分之一是由社交機器人發起，這樣
的結果顯示社交機器人的確會影響公眾討論，形塑公
眾意見，並可能危害總統選舉的正當性。

　　社交機器人除了發送假新聞，亦會創造假評論。

例如，美國聯邦通訊委員會 (Federal Communications Commission, FCC) 開放民眾對網路中立性提出建言，研究發現在 2,170 萬則留言中，只有 6% 是不重複的真實用戶留言，其餘 94% 都是多次重複留言，57% 的電子郵件帳號是重複的，最頻繁發言的 7 個帳號，貢獻了 38% 的留言數（825 萬則）。這些假留言讓真實民眾的意見更難露出，現在幾乎所有公眾人物或政府社群帳號皆是如此，這些粉絲專頁開放公眾貢獻意見，結果被機器人帳號的大量留言淹沒。

臺灣學者鄭宇君研究 2012 年臺灣總統大選的推特資料後，也發現「微型宣傳機器」的存在。在 9,416 位推特用戶中，發文次數最多的帳號是 @twlatestnews，23 天內發送了 1,019 則推文，平均 1 天發送 44 則，並不符合「常人」的使用情況。實際檢視該帳號為「臺灣新聞」，是透過機器人自動聚合發送有關臺灣的新聞，而發文頻率最高的帳號，幾乎都是自動聚合轉發新聞報導，鮮有實際雙向互動的討論。

這類自動聚合發文的帳號，是由社交機器人利用程式自動抓取關鍵字新聞發給訂閱者，有時具有正面

效果。例如，香港「雨傘運動」期間，發送占中相關文章的社交機器人 @hkdemonow、@OCLPHK，即在整體社會網絡分析中具有顯著的角色。

　　但更常見的情況是這些帳號發送來源不明的新聞內容、垃圾資訊或色情訊息，它們的運作方式是在推文中加入熱門的主題標籤或關鍵字，吸引一般用戶訂閱，用戶點閱推文內的超連結，連進去的幾乎都是簡易網站與來源不明的內容，研究者必須在研究過程中將這些垃圾訊息清理掉，才能維護研究結果的正確性。

　　除了機器人帳號外，政府或特定機構也會雇用人力大量發文引導或壓抑某些言論。哈佛大學教授金恩 (Gary King) 的團隊透過大數據分析中國微博的「刪貼」（意指刪除敏感貼文）與「五毛水軍」[2] 的發文行為，發現中國宣傳部門每年約投放 4.48 億人民幣發送五毛評論貼文，超過總貼文數的 70%，目的是為了策

[2] 水軍是中國的用語，意指某些用戶受雇於公司或其他領域組織，在網路上大量發表特定主題貼文，試圖影響輿論。五毛水軍則特指受雇於中國政府或相關部門的網路評論員，「五毛」是網友諷刺他們每發一文能賺五毛錢。

略性地分散注意力，而非參與辯論。被查封最多的貼文內容不是批判政府和執政黨，而是那些可能引發公共集會、群體性事件的內容。

YouTube 頻道流傳許多假新聞

除了臉書與推特平臺流傳許多假新聞之外，YouTube 在假新聞與極端言論的傳播上也扮演重要的角色。恐怖組織「伊斯蘭國」(The Islamic State, IS) 就是利用 YouTube 影片號召全球青年加入組織。有學者憂心認為，YouTube 的演算法推薦是促進極右派極端言論的一大因素，它把用戶拉入仇恨言論的深淵裡。

荷蘭新聞媒體透過調查報導發現，一般用戶如何從觀看 YouTube 變得更激進的過程。記者一開始從幾個匿名論壇上觀察右翼組織如何興起，他們發現右翼極端主義者（如種族主義、反猶太主義、反女權主義、白人至上主義）大量在匿名論壇貼文推薦 YouTube 影片。記者進一步探索 YouTube 平臺後，他們發現 YouTube 上有更多右翼影片。

　　YouTube 演算法的終極目的是希望用戶沈浸於其中。若用戶一開始看的是中間偏右的內容（例如川普的演說），YouTube 立刻推薦你更為右傾的內容，引導你不停地看下去，最後會看到白人至上的極右翼內容。反之，若用戶一開始看的是中間偏左的影片（例如希拉蕊或桑德斯 (Bernard Sanders) 的演說），演算法會推薦你繼續看左傾的影片，最後會看到陰謀論等內容。整體而言，YouTube 上的極右翼影片遠比極左傾影片來得多。

　　臺灣也有類似情況，特別是在 2020 年選舉前，YouTube 上流傳了許多關於政治人物的假新聞。例如，調查局在 2019 年 10 月點名 YouTube 頻道「希達說臺灣──玉山腳下」散播跟總統蔡英文相關的假新聞。該頻道內容指稱蔡英文收了日本給的好處才開放福島核食，以及評論蔡英文博士學歷問題等。調查局追查後發現，雖然聽不出主持人「希達」有明顯的中國口音，講話還不時穿插臺語，但他其實是中國官媒旗下的記者，因為他本人出身廈門，口音與臺灣人相近。

　　臺灣大學新聞研究所教授王泰俐則發現，2019 年

8 月底到 10 月底短短 2 個月內，突然出現 10 個左右的影音頻道，這些頻道的主要內容是攻擊蔡英文的博士論文或學位真假，頻道平均訂閱人數在 1 萬到 15 萬之間，單支影片最高點閱數達 62 萬人次，遠超過目前收視率最高的有線電視政論節目 1 集的收視人數。

　　王泰俐發現，這些頻道的共同特徵是影像訊息僅由幾張取自新聞報導的圖片反覆剪輯而成，口語報導內容是捕風捉影或直接大量抄襲自特定政治影音頻道內容， 主持人或配音員明顯有大陸口音， 甚至只用 Google 語音來配音，是標準的影音「內容農場」，但頻道訂閱人數卻能在短時間內迅速破萬。

　　儘管「希達」的身分曝光了，該頻道散播假新聞的影片並未被下架，仍可在 YouTube 上繼續收看。這類型的 YouTube 影片以意見評論的形式包裝，遊走在言論自由與假新聞界線邊緣，並透過 YouTube 演算法推薦給觀眾，成為今日假資訊操弄的主要來源之一，有心人甚至可以用幾張圖片結合 Google 語音就可以大量生產低品質的影片。

社群媒體平臺的打「假」行動

面對愈加嚴重的假新聞問題,各家社群媒體公司也開始合作打擊假新聞。在 2019 年香港反送中運動期間,推特、臉書、YouTube 三大社交平臺同時在 8 月公布刪除中國網軍的假帳號與錯誤資訊。

推特於 8 月 19 日刪除 936 個帳號,停權 20 萬個帳號,指出有可靠證據證明這些帳號是中國官方支持的組織性行為,企圖煽動政治爭議,破壞香港示威運動。推特並釋出這些帳號的相關資料供各界分析。

新聞媒體分析相關資料發現,這些帳號最早成立於 2012 年,早期主要發布韓國偶像明星資訊或色情資訊,直到 2018 年才開始發布中文內容,主要抨擊中國富豪郭文貴,到了 2019 年 6 月才開始大量發文攻擊香港的反送中運動。

臉書也在同一天移除相關帳號,包括 7 個粉絲專頁、3 個社團和 5 個個人帳號。臉書認為這些帳號運用欺騙手法,以假帳號冒充新聞組織發文,意圖干擾香港反送中抗議事件的訊息。

臉書公布中國網軍在香港反送中運動期間成立的假帳號及其
發布的錯誤訊息（圖片來源：作者不明，引用自臉書官方 2019 年 8
月 19 日發布的新聞稿，https://about.fb.com/news/2019/08/removing-cib-
china/）。

隨後幾天，YouTube 在 8 月 22 日宣布關閉 210 個頻道，指稱這些頻道合作上傳與香港抗議有關的影片，並稱這個發現符合臉書及推特所公布的中國官方在全球性社群平臺的操縱行動。這些協同性造假行動，被認為是目前嚴重干預民主社會運作的破壞手段。

社群媒體平臺與群眾協力對抗假新聞

總結來看，既然「假新聞」由來已久，何以今日造成的影響特別嚴重？筆者認為，這是由於當前以社群媒體為核心的去中心化媒介生態，使得假新聞的訊息擴散更勝以往，特別是臉書等社群媒體平臺最初的設計是為了促進社交，而非是為了促進訊息擴散，因此平臺演算法著重的是貼文造成的互動率、分享數，而低估了訊息發布的可信度與訊息的真實性。

再者，社群媒體的推播模式使得貼文與作者的關係被切斷或淡化，用戶往往記得在臉書看到某則新聞，卻不記得是誰發布的，這造成報導與報導者之間的關係斷裂，如同即時新聞在社群媒體的快速擴散，假新

聞也在這過程中不斷的衍生變異與快速傳遞出去。

　　面對假新聞傳播，社群媒體是一把兩刃劍，它既是大量傳播虛假訊息的主要渠道，也是挑戰錯誤信息與更正的工具。有研究者蒐集了 2012 年美國總統大選期間，在推特上與選舉相關的推文，分析 33 萬則謠言，發現推特可幫助謠言傳播者在社群網絡中傳播虛假信息，但很少作為一個自我糾正的場域。謠言傳播者會形成一個強大的黨派結構，核心群體選擇性地傳播反對候選人的負面傳聞；然而，謠言拒絕者卻沒有形成一個相當大的社區，也沒有表現出黨派結構。總結來說，除了諷刺謠言外，一般謠言主要透過專業的查核網站來辨別，而無法仰賴推特上的自我糾正。

　　因此，在今日公眾對於新聞專業信任低落的時代，資訊提供者必須更加透明化，而資訊接受者則必須更加成為懷疑論者，並將這個懷疑的態度轉為積極的查證，才能辨識在我們周遭那些充滿偏見、虛假與低劣的新聞。澳洲學者布倫斯 (Axel Bruns) 認為，Web 2.0 時代新聞典範的轉變，就是新聞品質的把關機構逐漸由守門 (gatekeeping) 轉變為監看 (gatewatching)，透過

群眾外包讓多數公眾利用不同形式的社群平臺參與監看。這些監看者的角色不同於守門人，他們同時扮演內容追溯者與建議者的角色。

當前的科技環境提供了許多查核工具及群眾參與的社群機制，各類假新聞之事實查核工作，不侷限於專業機構或查核專家才能做，只要公眾意識到自己不想被騙、有心查核訊息的真假，都可以用不同方式參與事實查核。例如，在臺灣，Cofacts 真的假的、假新聞清潔劑、蘭姆酒吐司等就是由公民組成的事實查核團體，透過公民協作的力量來扼止假新聞的擴散。

社群媒體不僅是當前人們用來社交的平臺，也是今日人們獲取新聞的主要管道。裡面除了少數可信任的新聞出處外，還有大量的假訊息來源或社交機器人創造的假互動與假留言，對新聞領域不熟悉的讀者更難以辨別誰是可信任的消息來源，而容易被假帳號及假新聞所混淆。因而，公眾對抗假新聞，必須提高社群媒體素養，不確定真假的新聞不要按讚與分享，甚至進一步向事實查核機構確認之後再傳送，如此一來，才能降低假新聞對民主社會的傷害。

第四章

對抗假新聞

如何進行事實查核？

本章作者｜陳百齡

■ 學歷／美國印第安納大學教育工學博士、政治大學新聞學研究所碩士

■ 現職／政治大學新聞學系教授

■ 經歷／政治大學傳播學院副院長、新聞學系主任、中央社董事、卓
越新聞獎基金會評審、資訊社會研究學會理監事會監事、中華傳播
學會副理事長、第一屆數位金鼎獎評審小組委員、第一屆數位金鼎
獎評審小組委員、廣電處衛星電視審查委員會委員、印第安那大學
視聽中心專案經理

假新聞現場

　　2020 年初臺灣舉行總統大選，網路媒體《READr 讀＋》倡議聯手媒體同業（註），針對 3 位總統候選人電視辯論會發言，即時查核真偽（不只辯論會，這個計畫從 2019 年 8 月開始執行 ， 針對候選人的所有公開發言進行全面查核）。主辦單位首先徵召一批志工，根據候選人發言側錄影音轉換為逐字稿，由專人驗證文稿是否正確，再予以標記，最後由媒體同業針對需驗證項目進行查證。

　　媒體查核結果，發現 3 位候選人發言涉及不同程度的事實錯誤。例如，候選人韓國瑜說「政府宣稱臺商投資臺灣 7 千億，卻一毛錢都未回臺灣」，是片面之詞；他指責「蔡政府執政時期，高雄沒有觀光客」，含有錯誤訊息。蔡英文總統批評前總統馬英九承諾「發展高雄海空經貿、直航南進南出，全部跳票」，含有錯誤訊息。

註：這個計畫稱為「2020 總統候選人事實查核計畫」，參與合作媒體包括：iThome、READr、Right Plus 多多益善研究站、公視 P# 新聞實驗室、未來城市＠天下、沃草、華視、環境資訊中心、鏡週刊、關鍵評論網。此外，公共電視新聞部、中央通訊社，以及新興科技媒體中心也加入協力。

2020 年總統候選人辯論即時事實查核網站 （圖片來源： READr 讀＋，鏡週刊授權）。

上述傳播媒體和非營利組織共同參與的這項活動，通稱為「事實查核」。在歐美國家，選舉期間查核候選人言行，已經行之有年。但是在臺灣社會，這個機制才剛剛起步。

當代民主社會每逢選舉，候選人或是過度吹捧自己，或以不實訊息攻擊對手，但當代傳播媒體在時效壓力下，往往只能如實轉述，媒體容易成為擴散假消息的淵藪、製造對立仇恨的幫凶，更可能因此斲傷得來不易的民主機制。

為了讓讀者能夠更了解事實查核如何克制不實訊息，本章聚焦探討這個主題，先說明事實查核的緣起、組織，以及查核工作的內涵，最後則以個案分析結尾。

對抗假新聞

不實訊息（或謠言）猶如瘟疫和病毒，是人類社會恆久存在的老問題，每隔一段時間，就以新面孔挑戰世人。當代社會由於資訊科技快速發展，社群媒體興起，使得訊息傳布速度尤勝往昔。

　　過去新聞組織為確保新聞報導的正確性，會要求記者報導前應查核事實，但是由於社群平臺崛起、訊息數量暴增，讓記者查不勝查，再加上傳統媒體因經費緊縮、精簡人力，查核品質不如以往。因此，不實訊息成為社會亂象。

　　當代社會對抗不實訊息最常使用 4 個策略，分別是：懲假、制假、打假、辨假。這 4 種策略的行動主體不同，所採取的手段和效果也不一樣。

1. 懲　假

　　指政府透過立法程序制訂相關法規，禁止或懲罰在網路傳述不實訊息，也就是使用公權力防制假訊息。

　　例如，德國在 2017 年制訂《網路執行法》，要求用戶數 2 百萬以上的網路業者應建立舉報機制，以處理「明顯違法的內容」。新加坡則在 2019 年 10 月制訂《防止網路錯誤資訊和操縱法》，管制「網路不實訊息」。新加坡政府並在立法過後次月，引用該項法規要求反對黨「新加坡民主黨」修改關於就業問題的 2 則臉書貼文和 1 篇網站文章。

2. 制　假

指社群媒體平臺透過若干自我規範，根據使用者舉報或系統自動化偵測機制，找出可能涉及散布不實訊息的源頭，禁止某些使用者帳號或言論內容。

例如 CNN 於 2020 年 6 月 12 日報導，推特宣布永久關閉 17 萬個帳號，包括 23,750 個使用者帳號和 150,000 個用於連動造假的帳號，理由是這些帳號「高度連結特定核心帳號」，背後顯有國家力量操縱，違反該公司之價值觀和平臺操作政策。

此外，BBC 則於 2021 年 12 月報導，臉書母公司 Meta 平臺宣布刪除 500 個帳號，這些帳號經常散播一位「瑞士生物學家」愛德華茲 (Wilson Edwards) 的指控，內容聲稱美國在背後驅使各國揭發新冠病毒的起源。但瑞士官員出面表示，瑞士並無此人。臉書指出這個假帳號背後有國家力量介入，故予刪除。

在此之前，臉書於 2020 年要求政治廣告贊助人必須揭露其身分，方可刊登廣告，因為政治廣告事關選舉公正性。

上述社群媒體平臺措施，無論是關閉使用者帳號，或者是要求贊助人揭露身分，都屬於媒體自律範疇。

3. 打　假

指透過媒體所屬或獨立運作的事實查核組織，針對網路流傳訊息進行查核，確認並區分真實和虛假訊息，透過發布或標記方式，向公眾揭露，以降低假訊息流傳的機會。

根據杜克大學「報導者實驗室」(Duke Reporters' Lab) 公布的數據，截至 2022 年 2 月中旬，全球 102 個國家擁有事實查核組織，其中 353 個正在運作當中。亞洲有 80 個查核組織，其中印度擁有 24 個居冠。

目前臺灣已出現多個事實查核組織，其中，台灣事實查核中心和 MyGoPen（麥擱騙）均已獲得國際事實查核組織聯盟 (International Fact-Checking Network, IFCN) 的認證。

查核組織都是以查核訊息為營運目的，分別採取不同的方法從事查核。例如，台灣事實查核中心是透過新聞專業人力進行事實查核 ; Cofacts 真的假的、

MyGoPen 則是透過機器人偵測以及群眾協力來澄清網路謠言。

4. 辨　假

　　指透過教育手段，提升網路使用者本身辨識訊息內容的能力，以杜絕不實訊息。由於社群媒體運作機制大量仰賴使用者生產內容，許多使用者未經慎思明辨，便轉傳訊息，遂使不實訊息得以大量傳布。因此，有學者例如香港中文大學教授鍛治本正人 (Masato Kajimoto) 認為，倘若使用者能夠具有訊息判讀能力，針對訊息真假可以自行把關，則可大幅度降低不實訊息擴散的機會。

　　因此近年來許多國家或地區開始重視並推動「媒體資訊素養」 (media information literacy) 計畫，主張使用網路時不應只重視科技工具的運用，也應該注重內容解讀的能力，由讀者自行判斷是否相信和流傳訊息內容，而非交由他人決定。

　　上述 4 個打擊假新聞的解決方案，各有優缺點。

　　由國家制訂規範，最大的疑慮在於言論自由保障

問題：一旦給予政府極大權力判斷言論何者屬實，猶如「讓惡狗看守肉骨頭」，可能讓原本應該監督政府施政的傳播媒體無法暢所欲言，因而衍生所謂「寒蟬效應」。

若由社群媒體透過自律而管制平臺言論，則媒體平臺是否願意耗費成本防堵不當言論？媒體如何制訂篩選或過濾的標準？是否有球員兼裁判的問題？都可能產生爭議。

事實查核組織專門打假，但目前還在起步階段，規模小且資源有限，查核速度趕不上假訊息擴散速度，供需之間落差大，有如杯水車薪。以演算法從事自動化事實查核，則尚停留在實驗階段，緩急非所賴。

最後，強化媒體閱聽人的資訊素養，或許是最根本的作法，但是涉及國家教育政策，茲事體大，一樣是緩急非所賴。

事實查核

事實查核是一種當代社會的活動樣態，事實查核

者和組織的工作目的是針對政治人物或消息來源已公開提及的事實，運用調查和研究等方法，確認社會主要機構和公眾人物的發言無誤。

以下就查核對象、方法流程、資源配置，以及報導管道，分別加以說明。

1. 查核對象

查核對象是「事實陳述」(factual statement)，也就是消息來源或新聞本身所揭露的事實。

揭露形式可以是語言、文字或數據。例如，總統候選人甲在競選場合公開宣稱「過去 4 年我國 GDP 已經上升 5 個百分點」，以文字陳述經濟上揚的趨勢，查核者根據這個陳述，可以利用經濟指數文件或資料庫進行比對，確認甲的宣稱是否確實存在。

有時候，揭露形式也可以是圖像。例如，照片中某特定當事人出現在某個時空，因而可以宣稱這個人曾經做過某些事，社群貼文中附上某張政治人物視察某地的照片並加註日期，據以宣稱該政治人物曾在特定日期曾往某地。

相對於事實陳述，意見、評論或預測通常不能作為查核對象。

意見是指一種個人主觀的判斷、觀點的表述，或無法確定的陳述。例如，「我覺得臺灣外交處境很糟」這句話，先不論「外交處境」是指什麼，倘若陳述者沒有提出「很糟」這個判斷的依據，那麼「很糟」就只能歸為個人主觀的判斷。

評論是對於人或事的臧否。例如，「執政黨從來沒做過一件好事」這句陳述中的「好事」屬於個人價值的判斷，一個人認為好，他人未必同樣認定，除非發言者提出他的根據，否則難以查核。

預測則是陳述尚未發生的事件或狀態。因為事件或狀態還未發生，陳述內容僅為個人主觀猜測，因此無從判斷事實存在與否。例如，「倘若本黨執政，4 年後國民生產總值就能大幅提升」或「本公司產值將上升 3 個百分點」，查核者在句中所指期間之後雖可查證先前發言是否成真，但對於尚未發生之事仍無法查核。

因此，從事查核之前，必先確認何者是查核對象，僅有事實才可查核。

2. 查核方法和流程

事實查核運用調查和研究等方法，針對發言涉及的事實進行確認。查核 (check)、查證 (verification) 或打假／踢爆 (debunk)，都指向一種特定資訊的處理行動，針對已經發表、出版或以各種形式傳遞的事實，透過交叉比對，認定該事實是否確實存在 [1]。

美國學者葛瑞夫 (Lucas Graves) 認為 ， 事實查核

---

[1] 事實查核可根據時空情境進一步做出區分。依照時間可區分為事前查核 (ante hoc check) 和事後查核 (post hoc check) ；依照組織空間可區分為內部查核 (internal check) 和外部查核 (external check)。事前查核是指事實發布前的查核，例如候選人在演講前查核自己所要陳述的事實。事後查核則是事實發布、出版或播出後的查核。內部查核是指事實尚未離開組織範疇之前所做的查核，例如記者在完成報導前後，由記者或媒體守門人為求正確而做的查核。外部查核則是針對已經見報或播出的事實進行查核，例如 MyGoPen 個案資料庫中累積的不少國外案例 ， 參見台灣事實查核中心網站的查核報告專區 tfc-taiwan.org.tw/articles/report，以及 MyGoPen 網站 www.mygopen.com。

有 5 個階段：

(1)選出擬查核的事實宣稱

　　媒體發布的言論往往混雜了事實和意見評論，查核者必須經過判斷，選擇和公益有關的關鍵事實。

(2)決定與事實相關的目標證據

　　查核者必須根據擬查核事實的性質，決定尋找哪種證據。例如，當查核者懷疑所要查核的圖片是「移花接木」而來，這時他／她就必須找出這張圖片更早出現的事實，當作圖片造假的證據。

(3)探尋訊息的來源出處

　　證據的證據力不僅來自證據本身，也涉及證據的取得方式，以及證據和事實之間的關連性。因此查核者通常必須交代證據的來源或取得方式，或證明事實和證據之間確有關連。

⑷查詢消息來源或領域專家

當事實與證據之間的關連難以認定時，則參酌訊息提供者或相關領域專家的證詞。

⑸發布事實查核成果

與新聞報導不同，事實查核的報導方式比較像是學術研究或法律判決，其文體架構可包括 3 部分：

⑴事實查核的背景

說明言論出處和爭議所在。查核者進一步陳述證據和查核過程之前，先簡短地交代不實訊息出現的時空情境；通常使用文字加上截圖，敘明訊息出現的人事時地物等元素，並點出事實爭議所在。

⑵論　證

包括事實宣稱所需要的證據、二者之間的關連性，以及實際使用的方法步驟等。

⑶查核結果

通常各國報導的查核結果，並非一分為二地區別為真或假，而是分為幾個等級。例如，PolitiFact.com 的查核結果有 6 級，包括真實 (true)、多數真實 (mostly truth)、半真半假 (half true)、多數錯誤 (mostly false)、錯誤 (false) 與荒謬 (pants on fire)。台灣事實查核中心則是分為 4 類：真實、多數真實、多數錯誤與錯誤。

3. 運用工具和組織資源

事實查核是查核者、查核組織與社會情境的互動。人們進行查核時，通常會使用工具資源（資訊科技）與社會資源（第三人和組織）。

查核者不僅可以使用傳統新聞的查核方法（例如訪問、文獻），通常也會大量運用以演算法為核心的工具進行線上檢索，尤其當查證對象涉及網路訊息來源或內容真偽，例如確認網路內容發訊者的真實身分，或圖像、文字的原出處，這種情況往往無法使用傳統新聞的查核方法，因此便需要透過資訊技術的協力。

　　OSINT Essentials 是一個倡議使用開源軟體 [2] 進行網路事實查核的組織，該組織列出的查核軟體，大致可分為以下幾類：

⑴消息來源查核工具軟體

　　通常利用社群平臺後設資料 (metadata) 中的若干欄位，透過帳號比對，反查使用者的真實身分。

　　由於事實查核人或組織沒有公權力，追查訊息來源時無法要求社群平臺提供傳布者的帳號，因此只能利用公開資料進行身分反查。

　　例如，WhatIs 這類軟體可用於觀察訊息傳布者在社群上留下的數位足跡，以確認傳布者帳號的真實性，還可確認多重帳號、釐清訊息傳布者企圖／動機，以

---

[2] 開源軟體 (open source software) 是一種「開放公眾使用」的程式軟體。這種軟體的開發者通常僅保留部分著作權，允許使用者在非營利狀態下使用、修改或分享軟體或程式碼。目前事實查核所使用的查核工具軟體，許多都是開源軟體性質，可經由網路免費下載使用。OSINT Essntials 開列的工具清單如網址：https://www.osintessentials.com/。

及聯繫訊息傳布者，親自求證並取得畫面授權。

⑵時間查核工具軟體

　　用於擷取圖像、影音內容或後設資料的時間相關訊息，一旦發現錯置或矛盾，該內容就可能是假的。在各種網路不實訊息中，有極高比例是用圖像或影音內容來移花接木、錯置時空，藉以取信使用者，因此辨識圖像或影音內容正確的拍攝時間或出處，便愈顯重要。

　　在執行時間查核任務時，通常會利用搜索引擎「以圖找圖」功能，追蹤網路照片或影音內容的出處，還原情境脈絡。或讀取影音後設資料，分析影片上傳時間，正確解讀各個社群媒體的時間格式。有的軟體可以分析圖像或影音內容中陽光所投射出的陰影方位，反推拍攝時間。也有軟體可以從氣象資料庫中擷取記錄，以確認圖像或影音內容中的氣候是否與氣象報告一致。

⑶空間位置查核工具軟體

用於查核或釐清圖像、影音內容的空間關係，一旦發現錯置或矛盾，該內容就可能是假的。具體作法包括使用搜索引擎以圖搜圖，反查其出處，還原情境脈絡。或使用影音剪接軟體，逐格查看細節。

有些軟體則聚焦於地理標示。地理標記查詢軟體（例如 EXIF）可用於查看圖像或影音後設資料中的地理標記 (geotag)。或搭配文字線索 （例如店舖名稱、路牌等） 與網路地圖軟體 (Google Maps) 定位事發地點，或交叉比對街景影像與影片空間特徵。目前也有航空或海運交通的查核軟體，用於確認人員或物資在空間中的移動狀態。

⑷網路監看和典藏工具軟體

用於長期比對和擷取特定網站或網頁內容，並透過雲端儲存監看資料。這是因為數位足跡可能遭到修改或扭曲，因此在第一時間保留監看對象所留下的資料，特別重要。

關於工具軟體，有幾點值得思考。

首先，事實查核是發現和解決問題的過程，工具軟體是在確認問題之後用來尋找答案，因此找到有效的事實宣稱，建立事實和證據之間的關連，「問對問題，找答案」的批判思考能力，和運用查核工具一樣重要。

其次，事實查核者通常會使用多種工具，包括傳統訪談或文獻查找，而非只仰賴以演算法為主的軟體工具。查核者的創意，表現在如何組合工具解開謎團。

最後，查核工具資源更新速度相當快，因此事實查核者或組織需要具備工具自學能力，不斷透過自我學習以及同業交流更新技能。關於線上查核工具軟體的最新目錄，可參考 OSINT Essentials 網站[3]。

除了工具資源，查核時也會運用社會資源。由於當代不實訊息透過社群平臺大量傳布，個別媒體往往難憑一己之力完成所有查核，必須與其他事實查核者

---

[3] https://www.osintessentials.com/。

或組織協力合作，因此查核者與組織建立社會網絡、累積社會資本，具有其重要性。

目前許多事實查核組織使用資料庫收藏同業已完成查核的案件，避免重複作業。尤其許多不實訊息是跨國傳布，有些個案已在其他國家完成查核，最好和他國同業共同協力、交流資訊，可以節省很多時間。事實查核工具的發展可謂日新月異，查核者與組織之間交換打假經驗，共同學習成長，也益顯重要。

近年來，網路媒體平臺也不斷促成業界合作。例如，國際事實查核組織聯盟自 2013 年以來倡議的「全球事實查核峰會」(Global Fact-Checking Summit)，以及 Google 一年一度舉辦的 「亞洲信任媒體峰會」(Trusted Media Summit Asia)，都是網路媒體平臺促成的跨國合作與同業交流。

4. 查核報導管道

事實查核結束後，通常會以報導形式公開。事實查核報導雖然和新聞報導一樣都在描述事實，但實際內容和形式卻有不同。

　　新聞報導通常僅陳述經過查核的事實內容，不用交代查證過程。但事實查核報導則必須說明方法論，必要時還得交代查核關鍵過程，以昭公信，這就是國際事實查核組織聯盟規章所主張的「方法透明度」(transparency of methodology)。

　　「透明度」是借自社會科學研究的概念，意指事實查核者或組織主張當事人或媒體所宣稱的事實是真或假時，必須先交代自己的查核方式，包括揭露事實與證據之間的關連，以及本次查核使用的方法和考量，讓他人在同一條件下重複查證時，可以取得相同的結果。例如，當代數位媒體容易在事後刪除貼文，因此查核者就必須保留貼文截圖內容，附以時間出處，作為佐證。

　　事實查核報導除了在自家網站上公布之外，還有2個向外發布的管道。一是和傳統媒體合作（例如廣播、電視或報紙），把查核結果當作新聞內容發布。例如，台灣事實查核中心和中華電視臺之間的合作。

　　另一管道則是和社群平臺合作。社群平臺將查核後認定為假新聞的訊息進行標示，並透過演算法放慢

其傳播速度或可見度。例如，Google 於 2016 年 10 月起在部分國家的 Google News 頁面進行標示。臉書與 Google 等網路平臺，也自 2019 年夏天起和台灣事實查核中心合作。

事實查核的效果

儘管事實查核者努力透過各種方法企圖解開真相，但他們經常被質疑：「查核真的有效嗎？」事實查核機制建立在理性主義的基礎上，這個假設認為，人類是理性的，即便先前相信假消息，只要訊息被證實為假，那麼人們應該就會改變立場，選擇放棄假消息。然而，心理學家也發現，人們並不如想像中理性。

過去累積的心理學研究告訴我們，人們會傾向接受與既有觀點一致的資訊，而選擇忽視與自身立場相左的訊息。

其次，當人們碰到現實狀態與原本預期有出入時，往往會堅持原有判斷，而不承認錯誤，同時也會因為期待與現實之間的落差而感到緊張焦慮。人們甚至會

設法粉飾事實或改變邏輯，以合理化既有信念。

　　人們也特別容易傾向尋找支持自己觀點的訊息，期能鞏固原有的論據或立場，避免既成看法受到挑戰。特別是意識形態極端的閱聽人，面對查核為假的訊息，不僅不會放棄立場，反而可能更相信原本的訊息，這種心理效應稱為「逆火效應」(Back-Fire Effect)。

　　上述相關研究告訴我們，事實查核並不是從槍口飛出的子彈，打到閱聽人就會生效。在一個極端主張盛行的社會，有些人或許會更願意相信假訊息。光憑事實查核就想說服人，有其困難。但在當代高度發展的資訊社會，事實查核或許無法勸服所有時候的所有人，但至少可以讓所有時候的部分人，或部分時候的所有人，能夠有所選擇。

當代查核組織發展

　　事實查核和當代社會的新聞行業有密不可分的關係。學者葛瑞夫指出，近年來逐漸嶄露頭角的事實查核行動，就是來自於當代新聞實踐的創新。

　　早在 1990 年代，美國新聞界質疑政治廣告的正確性，提出「廣告監看」(ad watch) 計畫，可說是事實查核行動的先驅。

　　但真正組織性的事實查核，則出現在 2004 年美國總統大選之後，包括 2003 年成立的 FactCheck.org、2007 年的 PolitiFact，以及《華盛頓郵報》(*The Washington Post*) 支持的 FactChecker。這些組織致力於政治人物競選言行的查核，旋即因為作品獲得專業獎項而受到媒體同業高度關注（例如 PolitiFact 因報導 2008 年大選而贏得 2009 年普立茲獎 (Pulitzer Prize)），也因此開始和 CNN、USAToday、NPR 等主流媒體從事合作報導。

　　同時，美國和許多國家的媒體也開始意識到事實查核的重要性，許多媒體先後在組織內部成立事實查核專責部門。

　　當代歐美國家事實查核組織的發展大致依循 2 個模式：「新聞室」模式與「非營利組織」模式。

　　一般新聞組織因應發行新聞需要，原本就有採訪編輯人力、經費來源，以及查核報導的發布管道。事

實查核組織依附在既有的新聞組織之下從事查核就是新聞室模式。例如，英國《衛報》(*The Guardian*)、德國公共廣播聯盟 (ARD)、法新社 (AFP)，均依循新聞室模式發展出事實查核組織。

雖然依附新聞組織發展可以獲取專業人力和經費支援，但有學者指出，這種模式也往往遭受媒體編輯政策和經費資源配置的牽制。另一方面，與新聞組織關係密切，也往往使得事實查核組織無法有效監督。

至於另一種採取非營利組織模式的事實查核組織，也稱為「第三方查核組織」。所謂的「第三方」，意指獨立於言論當事人和訊息發布平臺之外的第三人或組織。這類查核組織主要著眼於監看政治人物言行、導正民主政治亂象、鼓吹媒體改革等理念。

例如，2007 年成立的 PolitiFact.com，即屬非營利的事實查核組織，以美國民選官員、候選人、政黨領袖、政治活躍分子的言論為查核對象。臺灣方面，台灣事實查核中心、MyGoPen、Cofacts 真的假的，皆屬非營利模式。

這些組織在人力資源、營運經費和發布管道上也

避免和政治、商業或媒體組織掛鉤，通常會在官網上自我揭露若干資訊，包括成立使命、查核流程、資金來源、工作人員、聯絡方式等。

非營利事實查核組織近年來發展迅速。杜克大學「報導者實驗室」(Duke Reporters' Lab) 的一項統計顯示，截至 2020 年 6 月為止，全球 83 個國家共有 290 個事實查核組織在運作。亞洲則有 75 個查核組織。但統計數字也顯示這類組織經營不易，容易停頓。例如，2007 年起，歐美地區先後有超過 50 個事實查核組織或計畫團隊問世，但到了 2016 年已有三分之一結束或縮小營運規模。也正因如此，若干事實查核組織大多選擇和大學或學術機構合作，或與組織同業之間進行交流和協力，以便在有限資源下發揮最大能量，共同提升事實查核的品質。

但也因為非營利組織經營不易，工作品質高下有別，因此近年也發展出認證制度。例如，由國際事實查核組織聯盟所推動的認證制度，加入的非營利組織必須遵守事實查核守則 (code of principles)。

事實查核個案

為了具體說明事實查核工作的內涵，接下來將分析 3 個案例，分別是：⑴「長繭手掌和奧運金牌」影像爭議、⑵空拍新冠肺炎街景、⑶長榮罷工取消航班。

案例一：網傳「郭婞淳長繭手掌和奧運金牌的合照」

臺灣舉重選手郭婞淳 2021 年 7 月 27 日在東京奧運女子 59 公斤量級，以破奧運會紀錄，為中華臺北隊拿下該屆奧運會首面金牌。這則消息引發網友熱議，相關訊息也不斷出現在社群媒體上。7 月 29 日有一則圖文訊息廣泛流傳，照片附文指稱：「奧運金牌郭婞淳的手，繭是長這樣子的，她的努力可佩，心志剛強不懈，讚！」「郭婞淳奧運金牌的手，No pain no gain.」。台灣事實查核中心進行查核，發現這是一則錯誤訊息。

網傳 「郭婞淳長繭手掌和奧運金牌的合照」圖片查核始末
台灣事實查核中心查核此案件的方法與過程，可掃 QR code 閱讀。

　　查核中心在查核時，首先針對傳言宣稱進行查核。網傳圖文訊息宣稱，照片中的手掌屬於奧運金牌得主郭婞淳。是否屬實？應先查證。查核人員私訊郭婞淳臉書粉專，該粉專回應此照片與郭婞淳無關，證實該截圖「另有出處」。因此，查核人員轉而查核下列二件事實：(1)網傳圖片的來源為何？(2)照片的主角是誰？

　　查核人員使用「滾雪球」方式進行查核。首先，檢視網傳圖片，發現左上方有「Cignal」字樣。以此為關鍵字搜尋，發現 Cignal 為菲律賓電視媒體。

　　其次，查核人員使用 Google「以圖搜圖」功能，找到一批內容類同的網路影像，其中一張是 7 月 27 日上傳到 BukidnonOnline.com 臉書粉專的照片，內容是菲律賓舉重選手狄亞士 (Hidilyn Diaz) 奪得東京奧運 55 公斤組金牌後，以長繭手掌和金牌合照。貼文中註記攝影者為 Cignal 電視臺主播 Pao del Rosario。於是查核人員搜尋 Pao del Rosario 網路足跡，發現他的身分確實為菲律賓 Cignal 電視臺主播。7 月 27 日他在個人的推特帳號張貼了狄亞士正面照片、手掌與金牌合照，而這張合照和網傳圖文的影像完全吻合。

最後，查核中心檢視了狄亞士的推特帳號，證實這位菲律賓選手的確贏得東京奧運 55 公斤組女子舉重金牌。

在上述案例中，查核人員先以畫面為線索進行反查，追蹤到機構網站。再根據圖說內容找出手掌金牌合照的出處。接著根據當事人姓名找出社群媒體帳號，以獲取影像和內文，進行交叉比對，確認查核結果無誤。上述過程，從一則線索推至下一則線索，就是「滾雪球」式的查證。

案例二：網傳「武漢整條街都是屍體」

2020 年 1 月源自中國武漢市、由新型冠狀病毒 (COVID-19) 引起的肺炎疫情爆發開來，有人在社群平臺 LINE 張貼武漢市空拍照片，搭配文字指出「整條街都是屍體」，引起社群平臺使用者大量轉傳。

這則圖文最早由一名臉書使用者，以菲律賓他加洛語 (Tagalog) 宣稱「來自中國武漢的衛星照片」，搭配街上躺滿人體的影像，指涉武漢疫情十分嚴峻。該訊息透過臉書等平臺流傳到馬來西亞、新加坡、泰國

等東南亞國家，甚至再經文字翻譯而流傳至日本、澳洲和美國等國，並且很快就出現在臺灣的 LINE 群組上，開始大量流傳。

法新社的查核小組 (Fact Check) 利用搜尋引擎的影像反查功能，將貼圖比對網路上曾被張貼過的類似照片，再使用關鍵字檢索，發現這幅影像來自 2014 年 3 月 24 日路透社發布的一張新聞照片。

這張新聞照片記錄的是德國法蘭克福市的一項紀念活動——行動藝術家徵召多位臨時演員，躺在行人專用區，藉此呈現納粹集中營侵害人權的歷史意象。因此影像確實發生的時間為 2014 年，地點在法蘭克福，並非 2020 年的中國武漢市，由此確認網傳圖文為移花接木式的不實訊息。

在臺灣方面，MyGoPen 的查核人員進行網路檢索之後，發現法新社查核小組已經做完查核了，因此引

網傳「整條街都是屍體」圖片查核始末
法新社查核小組查核此案件的方法與過程，可掃 QR code 閱讀。

Google ⟨line_...142658.jpg ×⟩ frankfurt am main　　📷 🎤 🔍

twitter.com › scy › status ▾ 翻譯這個網頁
Tim Weber on Twitter: "Hauptwache, Frankfurt, Germany. No ...
 858 × 536 - 2018年7月15日 - Frankfurt am Main, Germany.
mastodon.scy.name/@scy ... Hauptwache, Frankfurt, Germany. No idea what the
context is, though. I guess some ...

www.facebook.com › posts
Planete Islamique L'heure De la Verite. - Posts | Facebook
 474 × 299 - Yesterday at 6:24 AM · Le saint prophète Muhammad psl nous dit dans
sons derrière cermon. Traitez donc bien vos femmes et soyez gentils envers elles,
car ...

www.scmp.com › Photos › Today in Photos
Today in Photos, March 26 | South China Morning Post
 747 × 444 - 2014年3月25日 - People lie down in a pedestrian zone as part of an art
project in Frankfurt in remembrance of the 528 victims of the Katzbach Nazi
concentration ...

www.facebook.com › ... › Website › Personal Blog › Ya Allah › Posts
Ya Allah - Posts | Facebook
 474 × 405 - Ya Allah. 53K likes. FOLLOW US INSTAGRAM @maisha_ya_kislam YA
ALLAH MOHAMAD IS THE MESSENGER AM SERVANT OF ALLAH.

2020 年初新冠肺炎爆發期間，社群平臺上流傳一張空拍圖片指稱武漢市「整條街都是屍體」。透過網路搜索引擎「以圖找圖」功能進行影像反查，可發現這張圖其實是 2014 年德國法蘭克福行為藝術活動的照片（圖片來源：Google）。

用其查核報導，在 LINE 群組中告知民眾該圖文是不實訊息。

這則個案彰顯了事實查核過程中的資源運用與組合。本章前文曾指出，事實查核過程中使用的資源包括工具資源與社會資源。

個案中的法新社查核小組在進行查核時，先使用搜索引擎進行圖像反查，再使用照片的關鍵字找出照片的真實情境，組合不同工具解開了謎團。

另一方面，MyGoPen 在查核國內社群平臺訊息的正確性時，引用國際組織同業的查核結果，這是社會資源的使用。

事實查核組織尚在成長階段，如何透過科技工具和組織協力，創造最大的查核空間，是個值得繼續探索的議題。

案例三：網傳「長榮罷工取消長崎航班」

2019 年 6 月 23 日，社群網站 Dcard 出現一篇匿名短文，指責長榮空服員職業工會罷工：「長榮罷工停止吧……你們害我媽媽見不到外婆最後一面……」。文

中指出，遠在日本的外婆身體不適住院，家人討論過後，決定前往日本探視，「但因為長榮罷工，導致在20日就已經訂好22日飛往長崎的班機取消了！我們從昨日就一直在查其他航班，好不容易查到今日有班機（還要轉機），卻收到外婆過世了的消息……」。此文被媒體引述報導，並廣為流傳。

　　台灣事實查核中心查核人員自貼文中找出2個事實系爭點：⑴原貼文指稱罷工導致「22日飛往長崎的班機取消」，是否屬實？⑵原貼文指稱「我們從昨天（6月22日）就一直在查其他航班，好不容易查到今日（6月23日）有班機（還要轉機），卻收到外婆過世了的消息……」。替代航班是否存在？原貼文者尋找替代航班一事是否合理？

　　關於繫爭點一，查核人員登入長榮航空的官方網站，檢閱6月22日長榮航空取消的班次總共有62個，包括桃園機場49個、松山機場3個、臺中機場3個與高雄機場7個，其中「完全沒有任何臺灣直飛日本長崎的班次」。其次，根據日本長崎機場網站公布的航班表與航線圖，也發現並沒有任何臺灣直飛長崎機場的

航班。

關於繫爭點二,由於長榮沒有航班直飛長崎,若要前往長崎,只有四條可能路線,包括(1)長榮直飛福岡,由陸路轉長崎;(2)華航直飛鹿兒島,由陸路轉長崎;(3)各航空公司直飛東京或大阪,由陸路轉長崎;(4)臺灣虎航有直飛長崎的班次,但這是不定期旅行團的包機航班,散客無法直接網購機票。

台灣事實查核中心於同年 6 月 23 日發布事實查核結果,認定該訊息為錯誤訊息。

上述個案彰顯批判思考在事實查核過程中的重要性。批判思考強調的是「問對問題、找答案」。

本個案中,貼文者宣稱因赴日班機取消,導至無法見親人最後一面,呼籲航空公司員工取消罷工。查核人員在查核時,首先確認班機赴日的可能性,再進一步設想自己若為當事人會如何行動,當兩種可能性皆窮盡時,則判定訊息為假。設想各種可能性並進一步查證的能力,即來自於批判思考。

事實查核作為專業領域

綜上所述，事實查核是一種當代資訊工作的專業領域。正如新聞工作者以新聞專業對待工作，事實查核者一旦面對假消息，必須具備相當的素養和知識，方能完成查核任務。我們可以從 4 個方面觀察查核工作的關鍵能力：

1. 敏銳的觀察力

我們每天都要面對龐大的資訊量，而不實訊息往往披著真實訊息的外衣，與真實訊息夾雜一處。因此要進行查核，首先必須有足夠的觀察力，能在眾多訊息之中找到虛假訊息的線索。正如新聞學者常以「新聞鼻」形容新聞工作者從眾多線索中發掘新聞的能力，事實查核工作則是強調抓出「可能為假」線索的能力。

不把任何事物視為「理所當然」，這種能力奠基於批判思維，也就是發現訊息、線索並不尋常的敏感度。這種敏感度並非天生，而是經由訓練習得。

125

2. 堅持的態度

發掘並確認線索之後，接下來必須追查證據，進行資料蒐集和比對，以確認事實陳述存在或不存在。但證據往往不是那麼容易就可以取得，需要耐心和毅力，也要有不斷嘗試錯誤的體認。

3. 運算思維

這是把事實宣稱轉換為問題，並運用科技工具解題的能力。追查證據需要工具，現在網路上也有很多工具可以使用，但關鍵不在於如何熟練地使用工具，而在於如何把問題轉換為一個可用工具來解決的問題。

4. 團隊合作

事實查核組織由許多專業人員組成，查核工作是集體協力的工作。找線索時，需要團隊腦力激盪；因個人專長、使用工具能力有別，在評估證據時也需要同儕彼此詰問與諮詢。因此，事實查核者也要具備團隊合作能力。

第五章

畫面不一定就是真相

影音新聞篇

本章作者｜劉蕙苓

■ 學歷／政治大學新聞學研究所博士、政治大學新聞學研究所碩士

■ 現職／臺北藝術大學藝術行政與管理研究所教授、政治大學新聞學
系兼任教授

■ 經歷／電視新聞資歷 20 年。華視研究員、製作人兼主持人；中視
新聞部新聞企畫室主任、製作人；中視新聞部記者、主播、採訪中
心副主任

假新聞現場

　　1991 年初任電視記者，正好遇上了當時重大的司法案件：華隆案。由於事關華隆集團董事長翁大銘與張建邦家族的股票交易涉嫌違法，主跑交通部的我常常需奉命「守」著時任交通部長的張建邦。

　　某日從檢調系統傳出，負責此案的檢察官許阿桂表示將傳訊張建邦，於是我 7 點不到就與攝影記者在張家門口守候，希望能捕捉到檢察官到張家的畫面。沒多久，其他臺的同業也來了，報社不但文字記者都到了，連攝影也出動，張府前的馬路被我們一群同業占據。

　　1 個小時無聊又緊張的等候，大家開始覺得不對勁，於是紛紛利用各自的人脈關係求證部長與許檢察官今天的行程。

　　後來媒體陸續撤退，我因為沒有接到長官要我撤的指令，只好繼續留守，看著大家紛紛收拾機器離開。最後一個準備離開的報社攝影記者，回過頭來仔細端詳了我之後，嘆了一口氣說：「唉！我終於知道為什麼我們會接到線報說，許阿桂出現在這附近！妳看妳今天的樣子，真的側面

看起來就像她！」說完搖搖頭就走了，留下錯愕的我！

　　仔細看了一下自己今天的裝扮，太早起床未整理好的滿頭蓬鬆短髮、厚厚大大的寬邊眼鏡，及這身不像電視記者的穿著……今天，我真的很許阿桂！

數位時代媒體採訪環境競爭激烈（圖片來源：劉蕙苓提供）。

這是新聞現場的日常縮影，記者依據各項線索赴事件現場採訪，但因消息不明確，採訪時也是在「判斷」與「賭注」中進行。

當我得到司法線同事給的線索認為這兩天檢察官會去張府，所以就「賭」一下先去「守株待兔」。沒想到被路人或某媒體的線民誤認為是許檢察官，向媒體「通風報信」，引來了第二家、第三家……愈來愈多的媒體。大家看到這麼多媒體都來了，更確信這個線索的可信度極高。但久候未果，各家媒體仍然會透過自己的管道重新查證消息的正確性，最後決定放棄守候。

1991 年的採訪環境相對單純，電視臺只有 3 家無線電視，報社與廣播家數較多。記者們的截稿時間也相對簡單，電視臺只有中午 12 點和晚間 7 點；報社除了兩家晚報中午截稿之外，記者們要到晚上回報社才發稿。所以，大家有相對充裕的時間針對這些線索與消息進一步核實，覺得不正確則立刻放棄採訪現場，重新尋找新的採訪點。因此，這則新聞不會成為當天的不實報導，但它真的成為第二天的某報影劇版花邊新聞。

如果，這個時空環境是數位時代的現在，報社要應付即時新聞，有線電視臺成為主流，公民記者、自媒體、獨立記者自成一格時，在張家門口的記者是當年 2 倍以上，可能會出現以下的現象，並成為媒體「即時報導」的重點：

08:00　許阿桂檢察官現身張建邦部長官邸。

08:20　各大媒體均在張部長官邸守候，等待許阿桂出面說明。

08:40　電視臺開始連線，訪問鄰居與路人，報社記者順便跟進發即時新聞。

09:00　在張府偵訊長達 1 小時，可見案情不單純。

當大家競爭發稿時，忘了重新查證第一時間的消息是否正確，於是，一錯再錯，一個假消息就可能成了假新聞了。

假消息？還是假新聞？

在進行以下的討論前，必須先釐清幾個概念：「假消息」與「假新聞」有何差別？傳統上「新聞」指的

是經媒體機構專業的採訪編輯後播（刊）出的內容，
這內容來自社會上很多真真假假的消息，必須經過專
業的查證核實才能成為「新聞」。

「假新聞」必然是先有假消息，不經查證或刻意
扭曲捏造的結果。但在假消息到假新聞之間，實務上
還存在著很多「未充分查證」或「不查證」而被報導
的新聞。

此外，查證之後記者如何編輯剪接這些素材，則
是影音製作的另一個重要環節，這也會影響報導品質。

當查證不足或未查證時容易出現錯誤新聞；當採
訪所得素材在製作過程中未被客觀編輯，則容易成為
偏頗新聞。一個負責任的媒體，不該也不會刻意製造
「假新聞」，但卻會生產「未充分查證」或「不查證」
的新聞（見下頁圖）。

隨著數位時代到來，以多媒體形式報導已是媒體
主流，因此影音不再是電視新聞的專屬。但製作影音
的方式差異不大，且電視乃是目前影音新聞的主要來
源，故以下的討論將以電視新聞為主。

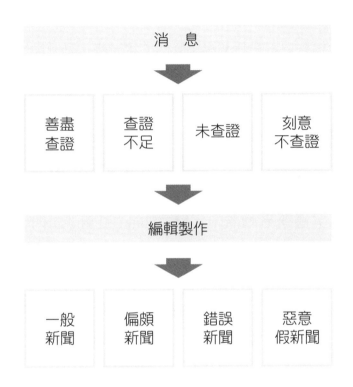

從消息到新聞的生產過程

新聞線上的「防假」機制

在新聞實務上，記者依賴各種線索採訪，判斷與查證這些線索是新聞專業守門的第一步。前述個案乃來自於一個假的消息，媒體守門嚴謹而沒有被報導出來。但是，在新聞線上不是每個事件都可以在短時間內查證，因此在新聞實作中每天都充滿著「查證不完全」、「未經查證」的各類消息，考驗新聞工作者的專業經驗、知識與智慧。

美國學者懷特 (D. M. White) 引用「守門人」(gatekeeper) 概念來形容新聞組織內的工作者，如何在眾多訊息中決定哪些該刊登、哪些不值得播出。隨後，在實務操作中，「守門」成為新聞專業把關的重要概念，我們或許可以稱之為「防假」機制。

理想上，在各種紛雜的「消息」變成「新聞」的過程當中，也是記者尋找事實的歷程，記者或媒體組織本於對社會的公共責任，應該在每一個環節都確實做好查證核實的工作，但在實務上卻不盡然能夠百分之百做到。

即使是美國新聞界最高榮譽「普立茲新聞獎」，也曾發現得獎作品是虛構做假的。最有名的案例是 1980 年《華盛頓郵報》記者庫克 (Janet Cooke)，報導首都華盛頓的底層社會男童因家人吸毒而染上毒癮的故事，在次年獲普立茲新聞獎，但事後卻發現這個人物根本子虛烏有。

美國電視新聞界最具影響力與公信力的新聞雜誌節目「60 分鐘」(60 Minutes)，2004 年也曾因報導當時的美國總統小布希在越戰期間為逃避赴前線作戰而享有特殊待遇，但此報導未做好線索查證，而被外界抨擊涉嫌偽造，最後導致當家主播丹·拉瑟辭職以示負責。

上述個案，一個涉及虛構，一個則是查證不足，但最終呈現在觀眾眼前的，都是有問題的新聞。值得一提的是，這些事件發生在 2010 年以前，網路與社群媒體尚未普遍流行之際，可見新聞實務中仍然會因種種因素，存在著理想與現實的落差。

守門布局

新聞媒體為了善盡社會責任，從基層記者到編輯臺會設置幾個守門關卡。

首先，基層記者依路線分派工作，這就是社會學者塔克曼 (Gaye Tuchman) 指的撒下一張「新聞網」(news net)。

在中央全國範圍，記者先依機構分類，有人主跑立法院、交通部、經濟部等。非政府部門再依性質或議題屬性分類，例如有些媒體會設專人主跑社會運動。

其次，再依各種新聞屬性在組織中歸屬不同新聞中心。例如，將立法院、總統府、內政部、外交部與國防部等路線劃歸政治新聞中心；將經濟部、財政部、銀行、證券、股市等路線歸為財經新聞中心；再將教育部、文化部、醫藥衛生等組成生活新聞中心。

路線畫分的用意是讓記者能專注在此路線上的相關人物與事務。記者經常駐守該單位，一方面熟悉單位主掌業務，一方面也認識相關的重要人員。所以，第一線的記者必須擁有深入的該領域知識，及與此領

域相關的豐富人脈，才能在新聞採訪過程中確保資訊是正確的。

　　舉例來說，臺灣常有些家禽或家畜的疫情，防疫措施如何進行？是否得當？這關乎農民的權益與生計，也與民眾食安息息相關。主跑農委會的記者比較熟悉相關知識，所以較能在第一時間判斷消息正確與否；也因為熟悉此領域的官員與專家，所以能在短時間內找到最合適的人來確認消息，或據以評論政策。

　　總之，基層記者進行消息的第一層把關，「找到對的人」與「確認對的消息」是關鍵，路線經營則是把人脈與知識同步提升的方法。

　　其次，記者的稿件必須給各新聞中心主管審核，再傳到編輯臺進行後製編輯。主管均為資深記者，對於新聞內容的敏感度較高，能提供第二層的把關。

　　各家媒體的建制不同，有些會設置多層次的審核機制，來確保新聞產出的品質。這也是團隊查核勝過單兵作戰，確保新聞錯誤能降低的原因。不過，由於基層記者是第一線的採訪者，通常查證責任也較大。

　　即便如此，新聞卻很難保證不出錯。例如，2019

年 4 月巴黎聖母院大火，有電視媒體就把法國的塞納河說成為「萊茵河」。2021 年新冠病毒仍肆虐全球，臺灣在疫苗不足的窘況下，疫苗何時到貨？何時可以施打？是全民關切的新聞。但 6 月卻有電視臺打出「北市還剩 6,900 萬劑」的標題，但主播口述卻是「6,000 多劑沒接種」，兩者差異極大，合理判斷是編輯下標時的誤植。無獨有偶，另一臺報導美國贈送 75 萬劑莫德納疫苗，也在標題上誤植為 750 萬。

這與新聞工作的時間壓力有關。所有新聞都要在截稿時間內完成資料蒐集、查證與撰寫，若事件發生時間距離截稿時間不到 1 小時，那麼記者能蒐集的消息、能查證的時間都有限，就容易出現「查證不完全」的新聞。

另一種情形則是，在截稿前半小時，稿件大量湧進編輯臺，主管在有限的時間下審核稿件，也會有疏漏之處，像「萊茵河」或標題數字的錯誤沒有被審核出來，很可能就是在這種情況下發生的。尤其是重大意外事件發生時，常常在第一時間資料還很混亂，消息查證更是困難。

電視媒體守門失靈

　　2010 年以後媒體進入數位匯流時代，這對電視新聞的產製影響甚大。

　　首先，網路與社群媒體快速傳散消息，使得傳統新聞路線採訪的常規已經不足以因應需求，記者必須隨時監看社群網站上的各種影片，來擴大自己的新聞來源，因此所謂的「三器新聞」（監視器、行車記錄器與網路瀏覽器）成為主要素材，但記者不在事件現場，很難查證，甚至無從查證。

　　其次，雖然有線電視新聞頻道早就利用 SNG 連線技術提供最新消息，但社群媒體主導的時間感又加速了新聞產製，電視臺的競爭壓力更大，很多消息來不及守門就播出，很多查證不完整的消息也照樣放送，形成新聞產製的守門失靈。以下是幾種守門失靈現象：

1. 看圖說故事如摸象找真相

　　畫面是電視新聞說故事的主要工具，沒有影像的事實似乎缺乏力道，因此電視記者採訪時相當注意有

沒有畫面。

但有畫面不一定就有全部真相。現在是「人人皆記者」集體上傳影像的年代，若電視新聞以網友拍攝的畫面為主，甚而取代派記者親臨現場目擊、採訪與求證，就容易陷入「查證不完全」或「無法查證」的危險。

2019 年 4 月 18 日，花蓮發生規模 6.1 的強震，臺北也晃動極大，有民眾拍攝從大樓俯瞰北市松仁路的照片，指出路面因地震而出現一條長長的裂痕，並立刻上傳到網路。有些電視媒體插播地震消息時，使用了此照片，採用網友的說法，提醒附近民眾小心。

但各家電視臺派記者前往現場後才發現並非如此，事隔 1 個多小時才播出更正新聞——原來是臺北市政府 10 天前修繕路面使用了新的修補材料，從高處看下去就像是裂縫。

這個例子看起來不太大，卻具體而微呈現了追求速度與競爭之下，新聞專業守門失靈，將採訪交給廣大民眾，卻忽略民眾並不具備查證的技能，可能導致誤認的風險。

　　另一個例子則是，2020 年某新聞臺討論全球新冠疫情的談話性節目上，一位民意代表在論及馬來西亞疫情時，引用了社群媒體上的畫面「說故事」，直指該國已經「大宵禁」、「警方拘捕犯人會先帶防護面具以防感染」、「醫護人員趁著夜晚搬運屍體埋在路邊」。結果引來馬來西亞民眾的強烈抗議，反駁馬國根本沒有所謂的宵禁，警方拘捕犯人畫面乃是進行演習，埋遺體的畫面只能說明工作人員把車子停在路邊，將遺體抬進墳場，並沒有隨便埋在路邊，因為以回教為大宗的馬國，回教徒的傳統是不可以隨便把遺體亂埋的，且程序嚴謹、重視禮儀。馬來西亞華人公會嚴重抗議，兩天後該節目向觀眾承認錯誤、道歉並自網路下架。

2. 重大新聞防假難度

　　重大新聞發生時，資訊非常混亂，一時之間難以查證的情形很常見，但此時也是民眾迫切尋求資訊之際。在資料取得難度高、時間急迫，且事件發生當下媒體沒辦法趕赴現場時，民眾提供的畫面有「第一手」的價值。但如果編輯臺沒有健全的守門機制，稍有不

慎就會播出錯誤消息。以下是筆者的親身經歷：

2002 年 5 月 25 日下午，華航 611 班機從桃園機場起飛往香港，約 1 小時左右卻在澎湖外海墜毀。

我當時在電視臺負責新聞調派工作，接到消息後除了立刻派記者前往支援澎湖駐地記者的採訪外，就只能焦慮地在編輯臺上不斷等待駐地記者回報，並監看各臺的最新消息。

5 點左右，一家有線新聞臺突然出現了文字跑馬：「澎湖外海發現 200 多具浮屍」。我立刻請澎湖記者查證此消息的正確性。

才掛下電話，抬頭一看，5 分鐘之內又有 2 家電視臺出現了一模一樣的文字跑馬。我的主管衝到編輯臺緊張地問：「是否我們也要打出這樣的消息？」編輯甚至已經把字都打好等我指令。

但因主跑交通新聞多年，跑過好多次空難新聞，經驗與領域知識告訴我，罹難者遺體不可能在海中這麼快被尋獲！

於是，在各家都打出同樣字卡彼此競爭的極大壓力下，在編輯臺內所有的人都焦慮等待之時，我依然堅持要查證後再決定。

最後，澎湖記者來電告知：「搜救小組在澎湖外海發現了2百多噸的浮油，並非浮屍！」

因為飛機起飛不久，機上的油料充足，且目擊者指出飛機疑似空中出現火花後墜海，我研判此消息具意義。但因我個人對於空難發生後能如此精確計算出2百多噸浮油仍有疑慮，故此資訊最後僅以「發現浮油」呈現，未提及「2百多噸」。

那20分鐘是我新聞生涯中極其難熬的等待與堅持，但一字之差，差之千里。更重要的是，考量機上2百多名乘客家屬焦慮的心情，浮油與浮屍對他們的意義差別極大！

在重大新聞現場，也常是各方謠言四散的沃土，很多言論似是而非。

2019年4月16日，當全球媒體都關注巴黎聖母

院大火持續延燒之際，接力轉播是新聞臺的常規。美國福斯新聞 (Fox News) 主播史密斯 (Shepard Smith) 在轉播火災現場時，訪問了巴黎官員卡森蒂 (Philippe Karsenty)，但這位官員並沒有描述他所看到的火災現場，反而開始把大火歸咎於法國教堂去年經常受到縱火攻擊。

史密斯當場打斷官員，並直接告訴他及觀眾：「我們不對我們所不知道的原因進行推測」。最後，他還提醒觀眾：「我們在千里之外，但剛才在電話中的人顯然無法提供關於火災的相關資訊，我也沒有，但火場的鑑識人員會在調查之後提供我們資訊，現在任何構陷都無濟於事」。這也是防止過度臆測與推論的一個守門例子。

美國福斯新聞主播史密斯轉播巴黎聖母院大火

史密斯訪問巴黎官員卡森蒂的影片，可掃 QR code 觀看。

3. 訪問移花接木

　　有採必訪是電視新聞作業的常規，記者有時拿到了畫面卻不見得能找到願意受訪的當事人，此時有些記者就會去「生」出訪問，最簡單的作法就是去找路人，問一個假設性問題。

　　有時是用概略性問題來佐證個案事件。受訪者是根據 A 前提回答，但記者卻把這段訪問用在 B 事件上。觀眾若不仔細思考，很容易就會覺得這是一則完整的報導。

　　我在進行「電視新聞如何使用網路影音素材」的研究時，對業界進行了訪談，有位記者提供他個人的經驗，可供讀者進一步理解。

　　這位記者根據網友投訴的「假車禍真詐財」消息為報導題目，主要素材來源是 YouTube 上的一段影片，內容是一位計程車駕駛在臺北市八條通撞到一名女子的行車記錄器影像。駕駛發現撞人之後賠給對方 2 千元，但後來調出記錄器影像一看，發現這名女子是自己撞上來的，因此認為自己受騙上當，還說該名

女子自稱是日本酒家女。

　　記者前往案發當地的派出所查證，發現沒有報案記錄，但因為被長官指示要做這則新聞，所以就請派出所警方受訪，談了一段很一般性假設的談話——「如果有人報案，警方會如何處理」，這段談話也成了這則新聞中唯一的訪問。

　　整則新聞中完全沒有交待這是個沒有報案記錄的「車禍」，當然，也無法證明為何事件發生在八條通，就一定是日本酒家女。

　　這是個查證後無法證明為真的消息，但新聞工作者先假設其為真後，經由訪問移花接木錯置，而成為一則新聞。這樣的例子，在電視新聞中不難找到。

4. 資料畫面張冠李戴

　　我在電視臺服務時，曾接到觀眾來電抗議某段街頭資料畫面已經用了很多次，是前幾年拍的，「畫面中的小女孩現在已經是少女了，你們還在用！」另外一例是臺灣地震災情太類似，有記者把 A 災情剪成 B 災情，被眼尖的民眾發現。這些雖是製作過程中犯下的

錯誤，情節較輕，但也顯示使用資料影片也要經過篩選與查證。

描述歷史事件有時會使用資料畫面，網路上有很多網友自行上傳的歷史照片或檔案，有些受訪者也會保留一些當時的史料，但記者常常不疑有他就使用，也很有可能出現張冠李戴的錯誤。

例如，某臺曾經製作 228 事件 60 週年特別報導，其中一段描述基隆屠殺事件，卻使用了完全不相干的影片，內容是國共內戰時國民黨在上海處決囤貨商人與共產黨員。這不但是史實錯置，也有誤導觀眾之虞，後來引起主管單位 NCC 的關切與調查。

另一個案例是某家電視臺引用 YouTube 影片，報導一位馬來西亞民眾開改裝車挑釁警車的社會案件，但有眼尖的網友發現這段影片是馬來西亞電影 *KONGSI* 的片段。這下糗大了，該臺新聞總監只能出面道歉。

5. 自製畫面填補的便宜行事

新聞採訪總會遇到沒有畫面的時候，此時如何

「生」出畫面考驗記者的智慧與倫理自覺。我在進行前述研究時，曾有受訪記者坦承，沒有畫面時會用「自製畫面」取代。他舉例，有一陣子社會對烏賊車的討論很多，但到處拍不到車子排放濃煙的畫面，在長官的壓力下有些同業就會自演自拍。

理想上，模擬畫面必須在新聞中標示清楚，但實務上卻不一定如此。2017 年 10 月，某臺播出一則民進黨大老吳乃仁上酒吧的新聞，找來一位「葛先生」以後側背面（俗稱「拉背」）及變聲方式受訪，詳細描述酒吧現場過程，但這位「葛先生」被質疑其實是該臺記者「假裝受訪」。

此事件引起 NCC 關切，要求該臺主管到會說明，也啟動行政調查。最後該臺承認違反新聞專業倫理，向社會大眾道歉，並懲處相關人員。

實務上推測可能有此「傳聞」，但查證困難，也沒有人願意現身說法，所以記者冒著有違專業的風險找人「替他說」，而且擔心「替身」曝光，所以用拉背、馬賽克、變聲來處理。

網路影音真真假假

在數位匯流時代，不單是電視，其他主流媒體如報紙、廣播或雜誌也會在數位平臺上使用影音，部分影片也來自網路。行動化時代的各種社群訊息中，影片的分享與接受也非常多。我們生活在社群中，也生活在影音環繞的資訊接受情境中。

網路影音來源紛雜，除了專業媒體機構產製的內容之外，也有為數不少的影片來自網民的「隨手拍」，YouTuber 的各式影片更是不勝枚舉。影片真假難辨是最大的困擾。有時，畫面本身確有其事，但經過有心人重新剪接或變造詮釋後，就與原意相去甚遠。

在 2020 年新冠肺炎疫情持續升溫期間，各種消息流竄，千奇百怪的影片瘋傳。有些消息娛樂性十足，令人在面對恐懼時能舒緩心情；但有些則顯示出特定目的。

例如，社群媒體中流傳美國總統川普演講時感到不舒服的影片，並搭配這樣的文字：「他確診染冠狀病毒，在演講中險些暈倒，全美陷入一片恐慌」。後來經

事實查核機構 MyGoPen 查證，此影片是 2016 年美國
總統競選期間的一次演講場合，維安人員懷疑現場有
人持槍，因此立刻帶著川普離開講臺。

川普確診新冠病毒？
MyGoPen 證實此影片為假的過程 ， 可掃 QR
code 閱讀。

　　另一個例子則正好相反，是將主流媒體的內容和
其他影片混搭剪接再傳播。這個影片傳播的訊息是「澳
洲的研究，香蕉的成分能破壞新冠病毒的組織」。影片
一開始是澳洲 ABC News 新聞主播引言，報導內容前
15 秒是記者專訪澳洲昆士蘭大學如何研究冠狀病毒，
但 16 秒後突然剪進約 40 秒的香蕉畫面，並疊映字幕
強調香蕉的營養成分可以破壞病毒組織。
　　一般人看起來似乎是 ABC News 的報導，但仔細
分析會發現，後段的影片採用類廣告影片的敘事方式，
與前段完全不同，明顯是移花接木，疑似宣傳香蕉。
這也被事實查核機構 MyGoPen 查證是假的新聞。

香蕉的成分可以破壞新冠病毒？

MyGoPen 證實此影片為假的過程 ，可掃 QR
code 閱讀。

　　運用與前述影片相似的手法，經過剪輯與後製加工，以電視新聞的形式包裝呈現，讓人誤以為真的影片經常出現。

　　例如 ， 2021 年在社群平臺上流傳一則疑為韓國 KBS 電視臺的新聞影片，片中主播在播報時，畫面一側呈現衛福部長陳時中挖鼻子的鏡頭，翻譯字幕寫著：「這個人是臺灣防疫指揮官，他說臺灣人氣質好，可以打敗病毒，那麼如果有確診的人呢？都是最沒氣質的人……」說著說著，主播忍不住笑出來，上傳影片者則在其社群平臺發文說 ：「陳時中丟臉丟到韓國去了，連主播都說不下去……。」

　　這則影片幾乎像是真的韓國新聞，台灣事實查核中心與 MyGoPen 分別進行查核發現 ， 這根本是一則假新聞。首先，「新聞畫面」其實是 2014 年韓國食品

公司「賓格瑞」(빙그레) 的廣告,「主播」提及的是風鈴草茶可以增進免疫力。而陳時中的照片則來自 2020 年 12 月 10 日的《中國時報》。且左上角的 KBS 是用後製疊映而成,根本不是該臺的新聞。

網傳「陳時中丟臉丟到韓國」新聞影片查核始末
台灣事實查核中心查核此案件的方法與過程,可掃 QR code 閱讀。

網傳「陳時中丟臉丟到韓國」新聞影片查核始末
MyGoPen 查核此案件的方法與過程,可掃 QR code 閱讀。

　　網路影片千百種,拍攝者在拍攝之初不一定有特別的企圖,但被有心人士刻意地剪接,或進行某種陰謀論式的詮釋,就成了蓄意造假的消息。偏偏這種假的消息,充滿了情緒、批評、貼標籤與宣傳意圖,傷害力不容小覷。

守門失靈的後果

前述的「守門失靈」雖是指電視新聞，但也適用於社群媒體中林林總總的影音訊息。甚而許多非專業新聞機構所製作的影音內容，根本沒有「守門」過程，就不存在「失靈」的問題，而是任由似是而非的資訊四散。嚴格來說，一個負責任的新聞機構不會、也不應該刻意製造假新聞；但是，新聞機構會因為守門失靈而採用了「假消息」，導致報導事實不足、有誤與偏頗。以下分 3 部分進一步討論守門失靈的後果：

1. 提供惡意的假消息可趁之機

世上萬事萬物屬性不一，不是每件事都可以輕易在短時間內查證。因此，當媒體已盡一切努力查驗報導事實，也不一定保證百分之百為真，所以我們常聽到外界要求媒體「善盡查證」之責，而不是「確保萬無一失」。

守門失靈代表了媒體並沒有「善盡」應負起的責任，或是在製作新聞時便宜行事，後果之一就是讓有

心人士有可趁之機。媒體喜歡具有衝突、戲劇張力的事件，而且媒體相互搶快很可能疏於查證，在這種情況下，這些有心人士提供的消息與說法，就容易被媒體採用。

在新聞中，常常可以看到「風水說」。例如，某政黨因為選舉結果不好，就找了知名的「大師」來調整黨部大樓或黨主席辦公室的風水，多種幾棵樹、多擺幾個盆景；與某醫院相鄰的建築物需要防煞、破煞。還有，候選人很喜歡拜訪宮廟，抽出的詩籤似乎暗指高票當選，天空出現特別的雲彩就找民俗大師來解釋其政治意義。

這些民間的風俗或自然現象被重新解釋，就成了「加料」的事實，再經媒體報導與渲染後，常常是「料上加料」，具有特定的價值與目的。

日本關西機場事件是 2018 年最引起討論的「假新聞」事件。它原是單純的颱風過境，機場跑道淹水致使全部飛機停飛，又有貨輪撞上機場聯外橋梁，許多旅客因此受困的事故。但案發後第 3 天（9 月 6 日），大陸一家網媒指出中國使館派車去接受困陸客，而臺

灣人只要稱自己是中國人也可以上車。

　　此消息未經查證就被臺灣各主要媒體引用，有的強烈批判中共趁機搞統戰、有的則指責臺灣駐日單位失職，竟未派人協助。即便後來有媒體訪問到臺灣旅客，對方也在十分混亂的情況下誤以為承認自己是中國人就可以上車。這一連串錯誤造成社會輿論交相指責。雖然媒體在第四天發現疑點重重，陸續更正報導，但終致難以收拾。

　　我們無法證明大陸網媒刊登此訊息的用意，或許是引用了錯誤資訊，也可能有其他政治目的。但大陸的諸多資訊經常沒有嚴謹查證，有些也的確夾帶政治目的，在兩岸資訊交流如此頻繁之際，新聞媒體守門失靈的確容易成為有目的性假消息傳散的加速器，且透過主流媒體公信力與品牌力的作用，使民眾更容易信以為真。

2. 成為有心者的利用工具

　　社會上的各種利益團體與政治人物，可能為了特定目的，而提供自己拍攝的影片供媒體使用。此時，

影片真假經常是新聞守門的考驗，難以斷定真假卻冒然使用的後果難以預料，2005 年的「腳尾飯」事件就是一例。

事件起點是民意代表提供自己找人拍攝的影片，直指殯葬業者將告別式上的貢品送到某些自助餐店，重新加工後販售。因為此議題太驚人，各家電視臺紛紛向民代索取畫面播放，有些電視臺甚至「循線」找到疑似商家，使被影射的店家遭外界非議。

後來證明「腳尾飯」影片並非真實材料，其實是民代因無法取得真實畫面而找人「演」出來的。媒體不經查證採用此影片，造成店家名譽受損、社會大眾恐慌，媒體難脫責任。

2009 年還有一例。某電視臺引用一位民代的影片，指責臺北市貓空纜車保全鬆散，在他與助理前往現場視察期間內，完全無人看守，市府嚴重失職。

後來市府公布錄影帶發現，民代和助理當天帶了這家電視臺的記者前往，想要進入內部卻失敗，乾脆直接破壞站內木門進入。此新聞涉及的造假程度不亞於前例，而記者被政治人物利用做出的報導，也可稱

之為無中生有的「假新聞」。

　　政治人物、利益團體與媒體相互利用（合作）本屬常態，前者需要透過媒體傳達訴求，後者作為社會公器原有監督社會之責，但如果這些自動送上門的影片未經查證就冒然使用，則容易成為有心者的傳播工具，助其達成政治或特定目的，此目的與社會價值、公共利益並不相符。

　　有些消息最初看起來沒有太大的「殺傷力」，但是被媒體報導後就容易產生擴大效應。2011 年有人預測中部地區將在×月×日發生大地震，言之鑿鑿地指出臺北 101 大樓也會震斷，海嘯隨之而來，要大家準備好地震包及各種應急物品，此人甚至租了土地供民眾避難。

　　此後近 1 週，媒體不斷報導，有人視其為笑話，但相信的人感到恐慌，真的前往該處準備避難，還有人太憂慮而跳樓輕生。雖然預言者認為自己並沒有挑起社會恐慌的意圖，但一則無法證實的消息，經過各電視臺每天拍攝、SNG 連線重複報導，這種恐慌效應自然產生。

3. 偏頗新聞民眾無感

在臺灣還有一種民眾較無感的偏頗新聞，這類新聞使用的素材都有根據，大部分都經過查證，但記者報導的文稿、使用的訪問都有意地置入媒體立場，形成報導不平衡的偏頗。這也是社會普遍認知的「藍媒」、「綠媒」所製作的新聞。

也許很多人覺得這應該不是假新聞，因為消息不是假的，但沒有使用完整消息，甚至刻意曲解、斷章取義的使用資訊做成的新聞，仍然是假新聞。

尤其是選舉期間，各家媒體立場鮮明，以 2020 年總統選舉為例，有些傾力報導「黑韓」消息，有些一路「捧韓」，嚴重壓縮其他候選人的報導篇幅，甚或為了「黑韓」、「捧韓」、「製造恐共或仇共」，刻意曲解、放大某些資訊。這些似假還真的新聞，都應歸屬於假新聞的範疇；它們可能會製造社會對立，所造成的傷害不能忽視。

迎接有圖不一定有真相的年代

在數位匯流時代，人人都可以當「記者」，這原本是民主的表現，但也讓良莠不齊的資訊過載，真假難辨。民眾必須重新審視對影像的理解，體認有圖（影像）未必有真相，端看它如何被使用、如何被詮釋。

第六章

假新聞與問責

本章作者｜蘇　蘅、鄭宇君、劉蕙苓

前　言

在一個假新聞漫天飛舞的數位時代，新聞本身的真假固然令人愁煩，更重要的是負責產製新聞的印刷、電子媒體和網路新聞平臺的公信力和對專業的信任遭到踐踏，更用「媒體是假新聞的溫床」來形容，帶有相當貶抑的意味。

事實上，「假新聞」從網路平臺和各媒體傳送出去，不是網路平臺或媒體主觀的選擇，而是社會客觀環境的產物。有鑑於此，影音媒體、社群媒體，甚至傳統新聞業者便責無旁貸地扛起責任，以創新的方式和專業的態度，對抗假新聞多元變幻的面貌。

這一仗並不好打，但如果新聞業、傳統媒體和社群媒體不攜手扛起責任，如何能守護民主社會的價值，又如何捍衛專業新聞的獨立自主。

影音新聞真與假

影音新聞最大的特質就是用畫面來說故事，但我

們現在身處於「有圖未必有真相」的年代，面對假消息或假新聞隨處亂竄，每個傳播者都該有社會責任與擔當。以下就專業媒體與個人兩部分進一步說明。

1. 專業媒體：承諾不欺騙

前面章節已經陳述媒體製作影音新聞時，從消息查證到採訪編輯可能面臨的守門失靈現象，致使媒體刻意或非刻意地製作了「假新聞」。有制度的新聞媒體不會、也不應該任由「假新聞」或「錯誤資訊的新聞」持續擴散，所以目前新聞媒體都有事後更正機制，在確定消息有誤後，主動從網路平臺下架相關新聞。

但要進一步反思的是：更正機制能不能作為守門不嚴謹的「後門」？換成業內的用語則是：沒關係先發（新聞）了再說，如果不對再來更正。

國外已有學者 Sara Pluviano 等人 2017 年的研究發現，錯誤資訊的傳散速度比正確資訊快，即便後來媒體更正了，但人們往往記不住更正後的資訊，而是把錯誤資訊記得更牢。因此，媒體不能再以求快競爭後有更正機制作為守門鬆散的藉口。

在電視新聞界最為人稱道的典範標竿是英國國家廣播公司 (BBC)，即要求記者做到「真實和準確」，其核心精神則是 「承諾不欺騙」、「不誤導觀眾」。 在BBC 內部的編輯規範 (Editorial Guidelines) 中有相當嚴謹的規定，摘錄如下：

- 必須查證資訊、事實及文件，特別是刊登在網路上的資訊與研究。這些可能包括了向個人或組織確認是否為其所刊載，及其正確性。
- 必須使用第一手資料或記者目擊，避免使用單一來源。真的只能使用單一來源時，一定要註明其名稱。
- 應查證核實至該有的正確性。無法完全查實時，應清楚交待。
- 網民提供的資訊不能假設它是正確的，應該經過合理的查核。那些可能來自於遊說團體的資料，更該小心使用，因為提供者並不是沒有利益關係的旁觀者。
- 即便是明顯可靠的網路消息來源，也不可能永遠

都是正確的，必須查核到底是誰經營此網站，必須確認網上的資訊是否真的與經營者相關且是真實的。

・錯誤消息或謠言經常在社群媒體中迅速散布，且難以更正；因此，必須謹慎分辨事實與謠言。如果必須透過社群平臺或其他網站中的資料來源來協助確認事實，這些非由自己取得的素材必須嚴謹審查，且必須於報導中註明出處。

　　有鑑於假新聞泛濫，BBC 近年來也成立了事實查核團隊 (reality check team)，經常針對國際與英國國內的消息進行查核報導，發布在其網站與社群平臺上。

　　臺灣的電視臺在 NCC 的要求下，也都訂有事實查證的相關規定，不脫離 BBC 的正確、真實與透明原則。但原則或編輯準則的訂定，並不能保證在新聞實務中不會犯錯，正如第五章所言，在新聞實務中仍有不少因素會造成媒體守門失靈。記者在查證的過程中或許會遇到種種挑戰，但「承諾不欺騙」卻是媒體對社會大眾負起的責任中，最重要的核心價值。

每年進行全球媒體調查的英國牛津大學「路透新聞學研究所」(Reuters Institute for the Study of Journalism)，在 2021 年的數位新聞報告指出，全球五大洲民眾對當地媒體的可信度調查中，臺灣民眾信任媒體的比例只有 31%，在調查的 46 個地區中倒數第 5，顯示臺灣民眾對新聞的不信任感非常高。

若專業媒體還認為自己與其他網路消息的區隔在於能提供專業的「守門」、產製可信度較高的新聞，那麼重返信任之路就得從「承諾不欺騙」做起。

2. 社會大眾：放亮罩子辨細節

假新聞不是今天才有，也不會因為社會愈來愈重視假新聞，它就突然消逝。民眾不能只期待專業媒體負起責任，個人也有相應的社會責任，最基本該做的是「放亮罩子」、「耳聰目明」地觀看所接觸到的每一則影音，才能終止假消息亂竄，停息它們造成的傷害。

那麼，該如何辨識真假呢？坦白說，非常困難！以下提供幾個建議，也許可以提醒大家留心。

⑴留意「攝自網路」的影片

新聞媒體如果引用了網路上的影片，通常只會簡單地標示「攝自網路」、「來源：××社團」，但不見得每則使用這些素材的新聞，都有詳實查證。因此，對於這種新聞必須保持較高的懷疑。

一般而言，新聞中若有明確指出資料來源與提供者時，比較容易從這個對象或單位的社會公信力來分辨其真實性。例如，長期關心臺灣黑熊的「臺灣黑熊保育協會」提供了黑熊被射殺受傷的畫面，其可信度就比沒有具名的網友提供的畫面來得高。

有時，同一個影片來源被不同媒體同時使用，並不代表它一定可信，因為媒體競爭激烈，相互監視與跟進是常態。但不同電視臺在使用這些影片素材時，查證的過程與方法也不盡相同，或許還是可以幫助我們釐清事情的真相。

⑵注意受訪者在事件中的角色

大部分的影音新聞一定有訪問，因為有了受訪者

的說法才能使報導完整。遇到有疑慮的新聞時，可以檢視新聞內容是否有採訪事件關係人、關係人在新聞中如何發言、與此事件是否真的有關係。

很多媒體為了趕時間偶爾會便宜行事，採訪較不相干的路人、鄰居等，完成「有採必訪」的形式。這些事不關己的人常常是聽記者轉述，或只看記者以手機當場播放的影片就發表意見，殊不知，若新聞的前提（經常是「網路影片」、「網路傳言」）有問題，後續任何依此假設進行的採訪，都可能有問題。

(3)對事件的評論應保持懷疑的心態

新聞內容經常夾帶評論，有些來自受訪者，有些則是記者個人的觀點。媒體原有公共論域的本質，使各方意見均能在此平臺上發表。

但是，在爭議性議題持續發酵時，閱聽大眾常傾向於只看與自己意見相同的新聞，再將這些內容透過社群圈轉傳擴散。於是，同溫層效應愈來愈大，另類觀點就此隱沒在最底層，或被視而不見。

如前所述，偏頗新聞也帶有假新聞的本質。我們

如果經常在同溫層中聽到同一種聲音，這種偏頗新聞所形成的偏見，就會影響我們看待事物的方式，長久下來對社會多元發展並無幫助。

同樣地，在接收到非專業媒體所製作的網路影片時，若發現影片對於公共議題的評論帶有情緒、標籤式的批判，也應持保留的態度。

⑷官方消息不見得一定正確

我們在查證時，向來習慣向官方機構核實，因為我們相信政府具公信力，但政府也有可能因某些政治因素而隱匿真相。

政府現在雖然在官網上特別成立「即時新聞澄清專區」，遇到重大事件時，官員也會以即時連線公開談話等方式澄清疑慮，但官方言論非萬能，當權者有時也常利用權力來達成非關公益的政治目的。因此，政府也有可能只說了部分事實，而非全部事實。

⑸重大突發事件多方比對

重大事件發生時，正是假消息容易流傳之際。一

般新聞工作者面對這種複雜情境，在查證上往往倍感困難，出錯的機率極高，誤用假消息的可能性也不小。

業界曾經發生某臺使用了網友上傳 A 颱風造成淹水嚴重的照片，後來被其他網友指出其實是 B 颱風的災情。關西機場事件也是一個顯例。

再舉一例，2022 年 5 月臺北市萬華區疫情升高，民眾十分恐慌，而數位萬華茶室員工確診又成為大家的焦點。

有幾家媒體針對一名茶室女員工確診的報導，出現了很不一樣的描述。A 電視臺指出，茶室卡拉 OK 店老闆娘確診後違規外出，在路邊倒地抽搐吐血。B 電視臺則說，她知道自己確診後躲在家中不敢外出，後因身體不適倒地吐血。C 電視臺則說是在家中吐出血絲。

在這些報導中，A 電視臺並未引用任何消息來源，B 電視臺訪問了當地民眾聽說如何如何，只有 C 電視臺訪問了當地里長，釐清了一些基本事實：她只是在萬華工作，並非老闆娘。她一直待在家中，是因身體不適而拜託里長，才由救護車直接帶走，並沒有任意

接觸人群。至於有沒有吐血，里長說並沒有媒體報導得這麼嚴重！

由此可知，沒有訪問直接相關者（里長），或只採用「當地民眾」（非目擊者）的道聽塗說，記者拼湊出來的「事實」就經常是歪曲、加油添醋的，甚至還有點「驚悚」，離真相愈來愈遠。

第一線的新聞工作者都遇過查證困難的事件，現在網路搜尋十分方便，閱聽人能做的是多方比對不同媒體的報導，同時留意更新資訊（一般而言，新聞媒體會在查證後更新原來的錯誤報導）。此外，重大事件發生時，各式網路影片也會暴增，如果無法分辨真假，最好先持保留態度。

⑹留意網路影片片段的標籤化

假消息常帶有特別目的，前面章節已提出一些引用網路影片重新扭曲、詮釋的例子。

我們經常在社群媒體看到一些短片，影片本身呈現的一般性事實（例如有個男子在公車上做危害公共衛生的事），被上傳者賦予了特定的標籤（例如中國大

陸居心叵測藉此傳播病毒），那麼這樣的影片就可能是移花接木、刻意製造出來的（第五章提及的錯誤訊息「陳時中丟臉丟到韓國去了」亦是一例）。

又如，在街頭運動中常見警察打人、抗議民眾攻擊警察的畫面，被有心人士刻意扭曲、重新編排剪輯，畫面雖是真的，但真相卻可能是變造的。

若對這些畫面有疑慮，那就重看一遍，或許可以找出一些判斷的蛛絲馬跡。我們可以仔細想想它的敘述邏輯是否合理、訪問內容有沒有問題、受訪者出現在這樣的內容中是否不對勁。

⑺追溯影像的原始來源

有圖不一定有真相，假新聞經常以移花接木或張冠李戴的形式包裝，來達到散布者的企圖。但你可以利用 Google 瀏覽器的「以圖搜尋」功能，將有疑慮的影像上傳，查看網路上是否有相似的畫面。

例如，2021 年 12 月通訊軟體上流傳一則訊息：「最新臺中大里槍戰現場（四死），詐欺公司下線投靠海線老大，把詐來的錢全部黑吃黑！被詐欺頭家找人

直接處理」，還附上影片，片中有人開槍火拼、中槍倒地，但截取畫面進行網路搜尋後，就會發現這其實是波多黎各席德拉市的槍戰，與臺灣完全無關，更別提是臺中大里了。

網傳「臺中大里槍戰」影片查核始末
台灣事實查核中心查核此案件的方法與過程，
可掃 QR code 閱讀。

不過，Google 這個功能的原始設計是以照片為主，而影像是動態的，不一定能準確搜尋，必須多截取幾個不同畫面，進行多次搜尋比對，效果較好。

3. 常提問，有疑慮，別分享

數位時代的守門人已經不是新聞工作者，而是生產資訊與消費資訊的你我。有畫面不一定有真相，這是我們看待影音新聞應有的基本認識。當然，如果你發現這些影片有不合理之處，甚或充滿情緒與標籤時，請不要輕易地轉傳分享。

社群媒體平臺的問責

社群媒體平臺是今日資訊或新聞流通的主要管道，也是造成假新聞擴散的主要原因之一，因此必須肩負起一定責任來扼止假新聞的擴散。社群媒體的問責必須從兩個層面來談：第一，社群媒體對不實資訊的處理策略；第二，社群媒體對政治廣告的態度。

1. 社群媒體對不實資訊的處理策略

社群媒體作為假新聞主要的流通管道，它如何應對假新聞或假資訊操弄？以臉書為例，它是透過「移除」、「降低」與「告知」等 3 種策略來對抗不實資訊。

第一個策略是「移除」假帳號。假帳號也就是社群媒體所稱的 「非真實的用戶帳號」 (unauthentic users)，意指這些帳號創建的目的就是用來刻意操弄訊息，不是一般個人用戶。

這類假帳號可能是人工創建的帳號、機器人帳號或盜用他人帳號。例如，在臉書上常碰到一些陌生帳號要求加為朋友，但點進去一看，這些帳號沒有太多

個人相關資訊、使用歷史也非常短，這些都是可疑的假帳號。

臉書與推特等社群媒體可以透過大數據分析掌握社群帳號的行為模式，一旦發現大量帳號協同合作，有散布不實資訊的行為（例如一大批帳號在相近時間共同發布相同的假新聞），程式就會判定此為「協同性資訊操弄行為」(coordinated information operation)，是有組織性地建立假帳號，違反臉書「誠信與真實性」的社群原則。接下來，臉書就會「移除」這些假帳號，以及這些帳號所創建的粉絲專頁或社團。

2019 年開始，臉書定期公布移除假帳號及相關的資訊操弄行為。2019 年首季，臉書移除了全球 22 億個假帳號。在臺灣，總統大選前 1 個月的 2019 年 12 月 13 日，臺灣臉書宣布移除 118 個粉絲專頁、99 個社團及 51 個多重帳號，理由是違反社群守則，包括好

臉書移除假帳號
詳細內容可參考公視「新聞實驗室」的〈名單一次揭露！總統候選人後援會粉絲專頁為何遭砍〉。

幾個國民黨總統候選人韓國瑜的後援粉專。

這些被刪除的粉專之中，有粉專單週高達 29 次在同一時間（同 1 分鐘）發布一模一樣的內文，其高度重疊性超過粉專與粉專之間的關注程度，指向由同一人代為操作的痕跡，這個跡象正符合前述所稱的「協同的非真實分享行為」。

第二個是「降低」策略，降低不實資訊被看見的機會。由於社群媒體本身缺乏判斷某則訊息真偽的專業人力，通常不願意負責判斷，而是選擇和第三方事實查核機構合作。

以臺灣為例，臉書臺灣部門與台灣事實查核中心合作，由台灣事實查核中心提供不實資訊案例，臉書利用機器學習功能在大量貼文中偵測假資訊，一旦發現假資訊，臉書會在演算法調降參數，降低該則訊息散布及被用戶看見的機會。

第三個是「告知」策略，告知用戶所看到的訊息可能是問題資訊。例如，與臉書合作的第三方事實查核組織一旦發現並證實某些訊息內容為虛假，當有人要在臉書上分享該訊息時，臉書就會跳出警示，告知

用戶這是問題資訊，避免這些資訊進一步擴散。

　　隨著社群媒體上的不實資訊對於全球各地的政治、社會影響愈來愈嚴重，各個社群媒體也愈加重視打假行動，並發展出一套作業流程。例如，2020 年是臺灣與美國的總統大選年，各家社群媒體都積極地與各國的事實查核組織合作，盡快舉報假新聞、刪除假帳號，以期降低不實資訊在社群媒體流傳對於閱聽人的影響。

　　甚至當 2020 年全球籠罩在新冠肺炎疫情威脅下時，各大社群媒體平臺 3 月 17 日罕見地發表聯合聲明，包括 Google、臉書、推特、YouTube、微軟、Linkedin、Reddit 等網路平臺，承諾它們將彼此合作，協助全球數百萬人彼此聯繫，也會與各國政府與醫療機構合作，遞送與新冠肺炎相關的正確資訊，共同對抗詐騙與不實資訊，並在各自的平臺上突顯官方發布的正確內容，以捍衛全球社群的健康與安全[1]。

---

[1]　各平臺聯手打擊新冠肺炎的聲明：https://twitter.com/googlepubpolicy/status/1239706347769389056。

這場全球危機激勵了各個社群媒體攜手合作，發展出一套應對不實資訊的準則，有助於打破由各國政府或個別社群媒體各自為政的局面。

2. 社群媒體對於政治廣告的態度歧異

除了不實資訊，社群媒體平臺另一個常有爭議的問題就是政治廣告。然而，政治人物的宣傳訊息或政治廣告究竟算不算是「假新聞」，也引發不同見解。

自 20 世紀的大眾媒體以來，政治廣告一直都是政治人物觸及選民的主要方式。政治廣告也意謂了大筆的選舉支出，在報紙、電視當道的時代，它是媒體的主要收入來源。

每逢選舉時，報紙或電視都會出現大篇幅的政治廣告，儘管內容經常是偏頗的、有利特定候選人或特定立場，很難說它是「真實訊息」，但由於人們可以從中清楚區隔出新聞與廣告的版別，因此政治廣告不會被視為「假新聞」，而是政治宣傳的一部分。有錢的候選人可買到大量電視廣告增加曝光，獨立候選人沒錢買那麼多廣告，爭議點經常在於該不該限制候選人經

費或讓經費支出透明化。

到了社群媒體時代，候選人可透過大數據分析，從大量的人群之中招募支持者。這種精準行銷 (microtargeting) 可讓候選人在社群媒體針對特定受眾下廣告，不一定需要大筆經費也可使訊息有效觸及目標民眾，達到一定的曝光效果。

但從閱聽人的角度來看，由於廣告貼文夾雜在一般訊息中，一起出現在用戶的瀏覽頁面上，很少用戶會注意到某些訊息下方有較小字體標示「贊助」，意謂它是廣告商付費刻意讓用戶看到的內容。用戶經常把廣告與新聞一併接受，很難清楚區別二者的差異。

2016 年英國脫歐公投時，有心人士就利用臉書漏洞找到特定用戶的使用行為記錄，再利用臉書廣告散布訊息，操弄特定族群的投票意向[2]。

有些論者因此認為應該全面限制政治廣告，避免有心人士藉此擴散偏頗訊息以影響選舉結果。推特就

---

[2] 2019 年的英國電視電影《脫歐：無理之戰》(*Brexit: The Uncivil War*)，即在講述這個事件的歷程。

採取了這個立場，在 2019 年 11 月宣布禁止政治廣告。

然而，另一派人則認為社群媒體應開放政治廣告，有助於獨立參選人或小型政黨透過較少的廣告經費，鎖定目標民眾發送廣告訊息來推廣理念。若全面限制社群媒體的政治廣告，選舉又會回到大黨候選人花大錢打電視廣告的局面。

因此，有人認為問題不在於政治廣告本身，而在於廣告贊助者能否透明化，讓公眾可以監督候選人與廣告贊助者之間的關係。

臉書的立場則接近這一派，認為政治廣告是言論自由的一部分，當然也是因為政治廣告會為臉書帶來龐大收益。同時，為了回應外界要求社群媒體應盡力降低資訊操弄或政治宣傳對於選舉的影響，臉書於 2019 年提供政治廣告資料庫 (ad library) 供外界查詢。所有政治類型的廣告檔案都保留在公開資料庫，包含廣告內容、廣告主（某粉專贊助商）、廣告目標對象（特定地區、年齡、性別等用戶）、廣告金額等項目。

為了因應 2020 年臺灣總統大選，臉書自 2019 年 11 月開始強制要求刊登政治議題廣告的申請人必須

為臺灣國民（必須上傳身分證影本），廣告主（粉專）及廣告金額都會揭露在政治廣告資料庫，保留 7 年供外界查詢，讓政治議題的贊助貼文與政治資金運用更加透明化。

　　有學者甚至進一步積極主張，不只政治廣告應開放檔案資料庫，臉書應該把所有類型的廣告都開放。一方面讓學界研究，另一方面也可讓消費者了解哪些廣告主花了多少錢來投遞廣告訊息。

臺灣地區臉書廣告檔案資料庫
所有社會議題、選舉或政治相關廣告的資料，
可掃 QR code 查詢。

　　總結而言，既然社群媒體不可避免地成為當前訊息流通的平臺，它們就應該付出更多心力來應對不實資訊的流通，公開透明是主要準則，包括公開說明不實資訊的處理策略、建立不實資訊判斷標準的一致性，若有申訴案件應盡快回覆並提供相關準則讓當事人了解，甚至應該把移除後的不實資訊相關檔案釋出，讓

外界進行研究，有助於各界進一步找出網軍操弄資訊的手段。

新聞媒體的問責

1. 媒體與假新聞的糾纏

　　位於美國西雅圖的華盛頓大學教授貝格斯特朗 (Carl T. Bergstrom) 正在上課，他告訴臺下學生，在這個大數據狂飆的時代，很多新聞都是「狗屎」。他語帶嘲諷地說，統計發現美國人每天平均待在臉書上 1 個多小時，為的只是按讚和分享「狗屎」訊息。學生雖然被逗笑了，但他嚴肅地說：「我告訴你們，大家一定要一起對抗假新聞，因為假新聞不只傳播謠言、俄羅斯機器人造假的這類消息，還包括錯誤的科學報導、扭曲的市場訊息，這種訊息的害群之馬已無所不在。」

　　2022 年，美國心理學會 (APA) 的一項研究發現，無論是 misinformation 或 disinformation，網路上這類錯、假、扭曲訊息與日俱增，提升數位訊息素養刻不

容緩，史丹佛大學已經開始教大學生如何分辨網路錯誤訊息和虛假訊息，並探討假訊息對人們造成的心理危害。史丹佛大學研究發現，一個美國年輕人一天上網 7、8 個小時，然而受訪的年輕人中只有 3% 意識到一則石化燃料對氣候變遷影響的假訊息，因為「學校沒有教年輕人應該學習做到的事」。

Google 曾流傳一則假新聞，說嬰兒接種疫苗會得到搖擺症。這個訊息一看就荒唐可笑，但是如果用 Google 搜尋這個問題，還得不到正確答案，因為它假到根本查不到正確訊息。然而這則假訊息後來被許多媒體轉載，還有人信以為真。

2019 年由瑞典哥登堡大學主持的 V-Dem 計畫，針對政治體制與民主運作等面向進行大型跨國調查，含括全球近 2 百個國家，更有全球 3 千個專家協力每年釋出新的調查報告。該計畫在新單元「數位社會」的統計數字指出，很多國家深受假新聞之害，臺灣遭受外國假資訊攻擊的程度為世界第一。前十名還包括拉脫維亞、巴林、卡達和匈牙利等國。

假新聞於 2017 年變成全球現象，最大的挑戰就是

偽裝成新聞的假訊息，迷惑人們對新聞的判斷力。然而研究發現，發出假新聞的網站只占小部分，許多人反而是透過主流媒體知道假訊息。那麼，媒體究竟在假新聞傳播過程中，能扮演什麼角色？

隨著社群媒體的普及，且各種社群平臺可以接觸不同受眾，加上假訊息可以用文字、圖片、影音、動畫等多元媒材製作、傳送，因此假訊息成為部分政治人物繞過媒體把關，直接向公眾訴求的工具，藉以推進政治目標或帶來廣告收入。

偽裝成新聞的假訊息，另一特點是很難追查製作來源，使得偽造者容易逃避責任。這種現象不僅在美國，在中南美洲、以色列、法國和印尼等地都很普遍，臺灣也不例外。

然而在網路時代，成為「媒體」的門檻很低，人人都能做記者或發行人，在網路創作、發表文字或影音輕而易舉。但網路並沒有嚴謹的規制，更沒有專業的守門流程，網路匿名性更使人們可以用化名發聲，躲在言論自由的保護傘下高談闊論，不用負太多責任，造成假訊息或網路謠言滿天飛，卻不易追查來源。

2. 新聞媒體紛紛設置事實查核機制

假新聞不是川普就任總統以後才有的。許多政客、電視名嘴、部落客或任何不懷好意的人都可能是假新聞的共犯。

全世界民主國家紛紛設立事實查核機制或工作團隊、發行新聞信，告訴讀者媒體本身肩負事實查核重任，更以行動幫助讀者辨別真相，避開各種假新聞陷阱。法國最有影響力的報紙《世界報》(*Le Monde*) 在2007 年的法國選舉中，發現有些政治人物信口開河，讓媒體不慎跌倒，編輯部因此決定成立該報的事實查核機制 Les Decodeurs，2009 年開始運作，希望提高讀者對假訊息的警覺，獲得讀者更多信任。

2007 年法國兩位候選人為了核能議題展開辯論，有民眾用維基百科查證他們口中的「事實」，但不得其解而去詢問《世界報》，《世界報》這才知道有些政治人物陳述「事實」時會有意無意省略前因後果，斷章取義，移花接木。

《世界報》認為有必要提供事情全貌因而開發了

Les Decodeurs 這個軟體，一開始僅查證政治人物的談話，但逐漸發現謊言、謠言不只存在於政界，還出現在各種訊息之中，媒體應善盡責任，幫助讀者辨別真偽，這就是「媒體問責」(accountability)。

《紐約時報》 資深記者、 專欄主筆史蒂文森 (Richard W. Stevenson) 認為， 在這個假訊息橫行的時代，每逢政治旺季，候選人不斷產生誇張、誤解和徹頭徹尾的謊言，但媒體沒有拒絕的權利，也不能為候選人不查證的言論感到沮喪。

他也說，現在假的陳述數量激增，大家不想為自己的言論負責，不如以往有羞恥心，而且社會缺乏獨立仲裁者，媒體更加對立，政治人物選邊站；有專業的媒體反而紛紛強調事實查核優先，也成為記者最重要的任務。

《紐約時報》2012 年也設立事實查核部門，歡迎讀者用臉書或推特提問，協助解答。最近更查證全美許多關於警察暴力執法或種族偏見的傳言，有助讀者全方位了解全美人民關心的重要社會政治議題之真相。

其他媒體如《華盛頓郵報》、英國《衛報》與兩個

具開創性的事實查核組織 PolitiFact 和 FactCheck.org，紛紛加入事實查證和各種說法辨偽的行列。《華盛頓郵報》的 Fact Checker 查證範圍甚廣，外交、政治、華爾街、經濟政策、白宮、國會、飛安都在內，希望善盡媒體社會責任。這些查核機構／機制長期投入篩選政治人物最令人質疑的論斷，包括議員在國會的言行、政治人物的競選言論，以及各種重要場合的辯論，以服務全體公民。

美國皮優研究中心 2016 年的調查發現，高達62% 的美國成年人從社群媒體獲得新聞。2017 年路透社研究 36 國受眾發現，54% 的人以社群媒體作為主要消息來源，尤其是年輕人。社群媒體問世以來，任何人都可以輕鬆地在網站、部落格或社群媒體上發布內容，並吸引大量受眾，難怪當代有這麼多自創內容者樂此不疲。

著名的網路媒體 PolitiFact 表示，事實查核是其核心價值，強調他們既無政黨色彩，也非商業經營，只希望盡其所能，提供公民在民主社會所需的正確訊息。

BuzzFeed News 總編輯史威曼 (Craig Silverman)，

是全球屬一屬二的假新聞專家。他說,假新聞可分三種:第一種是個人利用社群媒體造謠生事;第二種是國家在背後支持的宣傳,像 2016 年俄羅斯在美國大選中的角色或中共的五毛黨軍;第三種是透過臉書傳播假訊息,靠廣告賺大錢。他認為網路媒體要做好查核,責無旁貸。

3. 何謂媒體問責

媒體問責又稱媒體責任、媒體批評或媒體治理 (media governance),這個概念已有長久歷史,一方面表示新聞室應該有查證的過程,也意味要有自由而負責任的媒體,才可以履行報導真實的責任。

在傳統媒體時代,媒體責任要靠新聞評議會、公評人制度 (ombudspersons) 和道德規範來達成。隨著科技發展,媒體問責更重要,但也變成一種「自我規制」(self-regulation) 的責任。

媒體如何認知自己的責任非常重要,因為它能使媒體工作者的心態、行為、甚至編輯政策或採訪方式都產生變化。

　　國際新聞協會 (International Press Institute, IPI) 在
2020 年的世界年會指出，有人正大量使用假訊息，意
圖挑戰這個世界，唯有新聞記者和事實查核者運用新
技術，不斷質疑和追求真相，才能贏得戰役。

　　2020 年年會也討論媒體面對假新聞的責任：最重
要的是不能毫不質疑就刊播任何新聞，甚至放在頭條
或版面顯著位置。新聞工作者有責任了解真正的事實，
不能被政客、疫情或各種假訊息利用，更不能助長或
渲染假訊息，以致誤導讀者。

　　Clarify.Media 創辦人雷耶士 (Damaso Reyes) 認為
新聞媒體可用「真實三明治」(truth sandwich) 的概念
報導真新聞，以善盡媒體職責。報導策略為先報導真
正的資訊，再告知什麼是謊言，最後加上證據和真實
可靠的消息來源。他說，因為假訊息通常是脈絡化的
訊息，也就是新聞可能會把真訊息斷章取義或移花接
木，放在一個假情境中，因此媒體打假，需要提供完
整的正確報導，才能破解。

　　媒體自律也很重要，即媒體自我要求，組成最好
的團隊，提出專業的事實檢視，向讀者解釋誇張的論

述、故意捏造的謊言，有系統地提供「真相」，以維護媒體獨立自主的第四權，鞏固媒體免受政治審查、經濟依賴，或法律爭訟的專業地位。

媒體自律更是一種教育工具，媒體加強專業水準，才能獲得更多公眾信任。因為問責本身意味媒體要提高警惕，強化媒體專業，成為負責任的媒體。所以自律被視為問責的重要工具，最終希望贏回社會大眾對媒體的信任。

4. 新聞媒體的查證更值得信賴

談到問責，社群平臺當然也應負起相當責任，社群媒體公司關心的主要是使用者如何處理假新聞，他們運用很多策略，也做很多實驗測試效果，但事實證明效果有限。

例如，YouTube 設了「訊息討論群」(information panel)，告訴用戶哪些是由政府出資製作的內容，而臉書的「上下文」(context) 選項，則提供新聞來源的背景訊息。

但這種策略並不成功。經過一段時間，研究發現

社群媒體針對網路訊息可信度提出的各種因應策略，仍不如公認的主流新聞正確，讀者仍然相信主流媒體的編輯水準和報導標準更高。相形之下，許多網站訊息曖昧不明，即使內容不是偽造的，整體信賴感不如傳統新聞媒體。

另外，社群媒體即使標註可信的消息來源，對於防範假新聞效果有限。例如，臉書提出貼上「爭議新聞，待第三方查證中」，效果也不彰。有些主流媒體投入相當心力做假訊息查證，但碰上網路機器人快速製作及散布假新聞的傳播模式，雖略遜一籌，但仍然發揮積極社會角色。

新聞媒體是否真的能有效擔負辨別假新聞的責任？答案是不一定。有些媒體在讀者心目中的商業形象很鮮明，也削弱不少公共服務的正當性和權威感。

聯合國教科文組織為了打擊全球氾濫的假新聞，2017 年起在全球推動一連串新聞教育改革，既期許新聞媒體追求更卓越的新聞品質，也教導民眾辨別什麼是真新聞或好新聞，對抗假新聞是重要選項之一。

聯合國教科文組織說，「新聞」是指公開、可驗證

的訊息，不應對不符合這些新聞專業標準的訊息貼上「假新聞」的「新聞」標籤。聯合國教科文組織解釋，「假新聞」一詞和「新聞」的概念自相矛盾，反而容易破壞真正符合公益、可以驗證或符合真實的「真新聞」。

聯合國教科文組織邀請反對假訊息的專家共同撰寫一本手冊，探討新聞業的本質和信任為何重要，並告訴媒體應該批判性地思考數位技術與社群媒體如何成為訊息的亂源；這本手冊並倡議透過媒體事實查核和訊息素養培養，反擊假訊息和虛假新聞；教導事實查證的入門策略；告知如何做社群媒體查證與對抗在線的訊息濫用。

在媒體問責方面，手冊特別告訴新聞工作者和接受新聞專業教育的學生：假新聞和誤導訊息的特性為何，以及嚴重性是什麼，並指出應該全面了解與應對這些威脅。

另外，媒體工作者需要更理解假訊息。由於新聞工作者的工作就是辨別真假，最能貢獻給社會的便是透過優質新聞的示範，告訴民眾訊息的虛假如何傷害

訊息可信度，而且無可取代。這意味為了公益，新聞
工作的查證和道德倫理愈來愈重要，新聞工作者需要
學習新技能，以應對假新聞與影像「深度造假」等新
興的科技與人為威脅。

　　假新聞現象極為複雜，它不僅出現在選舉期間，
也時時出現在任何場域，人們不應看到假新聞太多而
卻步，反而應該積極面對。記者和編輯更要擴大對假
訊息製造者或參與者的報導，以追尋事實真相為職志。

　　最後，對抗假新聞，除了加強網路平臺、社群媒
體和新聞工作者的責任，更需要全民合作，才能一起
抗衡並消除對訊息環境造成最大汙染的「假新聞」。

參考資料

第一章

行政院國發會 (2018.9)。《107 年持有手機民眾數位機會調查報告》，執行單位：聯合行銷研究股份有限公司。

徐美苓 (2015)。〈影響新聞可信度與新聞素養效能因素之探討〉,《中華傳播學刊》, 27: 99–136。doi: 10.6195/cjcr.2015.27.04。

Berinsky, A. J. (2015). Rumors and Health Care Reform: Experiments in Political Misinformation. *British Journal of Political Science*, 1(2): 1–22. doi: 10.1017/S0007123415000186

European Commission (2018a.12.5). Report on the implementation of the Communication "Tackling online disinformation: a European approach." [Media Release.] 取自 https://ec.europa.eu/digital-single-market/en/news/reportimplementation-communication-tackling-online-disinformation-european-approach

European Commission (2018b.12.5). Tackling online disinformation: a European approach. [Report.] Com (2018) 794 Final. 取自 https://ec.europa.eu/digital-single-market/en/news/report-implementation-communication-tacklingonline-disinformation-european-approach

European Commission (2018c.3). A multi-dimensional approach to disinformation: Report of the Independent High Level Group on Fake News and Online Disinformation. 取自 https://ec.europa.eu/digital-single-market/en/news/final-reporthigh-level-expert-group-fake-news-and-online-disinformation

Siddiqui, F. & Svrluga, S. (2016.12.5). N.C. man told police he went to

D.C. pizzeria with gun to investigate conspiracy theory. *The Washington Post*. 取自 https://www.washingtonpost.com/news/local/wp/2016/12/04/d-c-police-respond-to-reportof-a-man-with-a-gun-at-comet-ping-pong-restaurant/?utm_term=.40bc1362040d

Tandoc, Jr., E. C., Allcott, H. & Gentzkow, M. (2017). Defining "Fake News": A typology of scholarly definitions. *Digital Journalism*, 6(2): 137–153.

Tandoc, Jr., E. C., Ling, R. & Westlund, O., et al., (2018). Audiences' acts of authentication in the age of fake news: A conceptual framework. *New Media & Society*, 20(8): 2745–2763.

第二章

LINE(2019.10.24)〈LINE 的使用大數據首次公開！台灣用戶使用 LINE 的方式原來是這樣〉, 取自 https://official-blog-tw.line.me/archives/81291901.html

中央社 (2021.11.18)。〈疫情推動數位使用 LINE 官方帳號數量破 200 萬〉。聯合新聞網，取自 https://udn.com/news/story/7088/5901062

王淑美。〈網路速度與新聞——轉變中的記者時間實踐及價值反思〉,《中華傳播學刊》，33: 65–98。

艾瑋昂 (Cédric Alviani)(2019)。《中國追求的世界傳媒新秩序》。巴黎：無國界記者組織發行。上網日期：2020.6.30，取自 https://rsf.org/sites/default/files/cn_rapport_chine-web_final_2.pdf

陳建鈞 (2020.4.30)。〈活躍用戶破 30 億人！Facebook 第一季營收亮眼〉,《數位時代》。上網日期：2020.6.30，取自 https://www.bnext.com.tw/article/57509/facebook-2020-q1-revenue

廖綉玉 (2022.02.04)。〈18 年來頭一遭！臉書用戶數首度下滑，股價暴

跌逾 26%，市值單日蒸發 6 兆元〉。風傳媒，取自 https://www.
storm.mg/article/4180523?page=1

謝文哲 (2021.10.18)。〈【偷臉藏鏡人小玉】換臉網紅不雅片牟利 「受
害者百人以上」小玉被逮黑歷史起底〉。《鏡週刊》，取自
https://www.mirrormedia.mg/story/20211018edi032/

Cadwalladr, C. & Graham-Harrison, E. (2018.3.17). Revealed: 50 million
Facebook profiles harvested for Cambridge Analytica in major data
breach. *The Guardian.* 取自 https://www.theguardian.com/news/2018/
mar/17/cambridge-analytica-facebook-influence-us-election

Duffy, A., Tandoc, E. & Ling, R. (2019). Too good to be true, too good
not to share: the social utility of fake news. *Information,
Communication & Society.* doi: 10.1080/1369118X.2019.1623904

Hootsuite & We are Social (2021.2.11). Digital 2021: Taiwan. 取自
https://datareportal.com/reports/digital-2021-taiwan

Jenkins, H. (2006). *Convergence Culture.* New York: New York
University Press.

Kirby, E. J. (2016.12.5). The city getting rich from fake news. BBC News.
取自 https://www.bbc.com/news/magazine-38168281

Lührmann, A., Gastaldi, L., Grahn, S., Lindberg, S. I., Maxwell, L.,
Valeriya, M., Mechkova, R. M., Stepanova, N., Pillai, S. (2019).
*Democracy Facing Global Challenges V-DEM Annual Democracy
Report.* Gothenburg, Sweden: University of Gothenburg.

Picard, R. G. (2014). Twilight or New Dawn of Journalism? *Journalism
Practice*, 8(5): 488–498. doi: 10.1080/17512786.2014.905338

Selbie, T. & C. Williams (2021.5.27). Deepfake pornography could
become an 'epidemic', expert warns. BBC News, retrieved from

https://www.bbc.com/news/uk-scotland-57254636

Urry, J. (2007). *Mobilities*. Cambridge, UK: Polity.

第三章

王泰俐 (2019.11.29)。〈政治微（偽？）網紅與假訊息的距離〉，思想坦克，上網日期：2019.11.29，網址：https://www.voicettank.org/single-post/2019/11/29/112902

劉致昕 (2021)。《真相製造：從聖戰士媽媽、極權政府、網軍教練、境外勢力、打假部隊、內容農場主人到政府小編》。臺北市：春山出版社。

劉致昕 (2017.5.15)。〈假新聞撕裂歐洲〉，《商業周刊》1539 期，pp. 52–83。

鄭宇君 (2021)。〈社交媒體假訊息的操作模式初探：以兩個臺灣政治傳播個案為例〉，《中華傳播學刊》，39: 3–41。

鄭宇君、陳百齡 (2014)。〈探索 2012 臺灣總統大選之社交媒體浮現社群：鉅量資料分析取徑〉，《新聞學研究》，120: 121–165。

鄭宇君、陳百齡 (2017)。〈香港雨傘運動的眾聲喧嘩：探討 Twitter 社群的多語系貼文〉，《傳播與社會學刊》，41: 81–117。

Albright, J. (2016.11.18). The #Election2016 Micro-Propaganda Machine. *Medium*. 取自 https://medium.com/@d1gi/the-election2016-micro-propaganda-machine-383449cc1fba

Beckett, C. (2017.8.17). Truth, Trust and Technology: finding a new agenda for public information. Polis, Journalism and Society, LSE. 取自 http://blogs.lse.ac.uk/polis/2017/08/17/truth-trust-and-technology-finding-a-new-agenda-for-public-information/

Bessi, A. & Ferrara, E. (2016.11). Social bots distort the 2016 U.S.

Presidential election online discussion. *First Monday*, 21(11), http://firstmonday.org/ojs/index.php/fm/article/view/7090/5653

Bruns, A. (2005). *Gatewatching: Collaborative online news production.* New York: Peter Lane.

Hitlin, P., Olmstead, K. & Toor, S. (2017.11.29). Public Comments to the Federal Communications Commission About Net Neutrality Contain Many Inaccuracies and Duplicates. Pew Research Center, http://www. pewinternet.org/2017/11/29/public-comments-to-the-federal-communications-commission-about-net-neutrality-contain-many-inaccuracies-and-duplicates/?utm_content=buffer3dd15&utm_medium=social&utm_source=twitter.com&utm_campaign=buffer

King, G., Pan, J. & Roberts, M. E. (2017). How the Chinese government fabricates social media posts for strategic distraction, not engaged argument. *American Political Science Review*, 111(3): 484–501

Shin, J., Jian, L., Driscoll, K. & Bar, F. (2016). Political rumoring on Twitter during the 2012 US presidential election: Rumor diffusion and correction. *New Media & Society*, 1–22. doi: 10.1177/1461444816634054

Wardle, C. (2017.2.16) *Fake news. It's complicated. First Draft.* https://firstdraftnews.com/fake-news-complicated/

第四章

胡元輝 (2018.7)。〈造假有效、更正無力？第三方事實查核機制初探〉，《傳播研究與實踐》，8(2): 43–73。

胡元輝 (2019)。《破解假訊息的數位素養》，臺北市：優質新聞發展協會。

羅世宏 (2018.7)。〈關於「假新聞」的批判思考：老問題、新挑戰與可能的多重解方〉，《資訊社會研究》，35: 51–86。

Amazeen, M. A. (2019). Practitioner perceptions: Critical junctures and the global emergence and challenges of fact-checking, *International Communication Gazette*, 81: 6–8, 541–561.

Brandtzaeg, P., Følstad, A. & M. Domínguez (2018). How journalists and social media users perceive online fact-checking and verification services, *Journalism Practice*, 12(9): 1109–1129. doi: 10.1080/17512786.2017.1363657

Graves, L., Nyhan, B. & J. Reifler (2016). Understanding Innovations in Journalistic Practice: A Field Experiment Examining Motivations for Fact-Checking: Understanding Innovations in Journalistic Practice, *Journal of Communication*, 66(1): 102–138.

Graves, L. (2018). Boundaries not drawn: Mapping the institutional roots of the global fact-checking movement, *Journalism Studies*, 19(5): 613–631. doi: 10.1080/1461670X.2016.1196602

Humprecht, E. (2019.11). How do they debunk "fake news"? A cross-national comparison of transparency in fact checks, *Digital Journalism*. doi: 10.1080/21670811.2019.1691031

Thurman, Neil. (2017). Social media, surveillance and news work: On the apps promising journalists a crystal ball, *Digital Journalism*, 6(10): 1314–1332. doi: 10.1080/21670811.2017.1345318

第五章

劉蕙苓 (2015)。〈數位匯流下的倫理自覺與抉擇：以臺灣電視新聞引用新媒體素材為例〉，《傳播與社會學刊》，33: 85–118。

Tuchman, G. (1978). *Making news: A study in the construction of reality.* New York: Free Press.

White, D. M. (1950). The gatekeeper: A case study in the selection of news, *Journalism Quarterly*, 27: 383–390.

第六章

Howard, N. P. & Cheng, Y.-C. (2020.7).〈社交媒體上的運算宣傳：對民主的挑戰與機會〉(Computational propaganda on social media: The challenges and opportunities for democracy),《資訊社會研究》,39.

Newman, N., Fletcher, R., Schulz, A., Andi, S., Robertson, C.T. Nielson, R. K. (2021). Reuters institute digital news report 2021. London: Oxford. 取自 https://reutersinstitute.politics.ox.ac.uk/sites/default/files/2021–06/Digital_News_Report_2021_FINAL.pdf

Pluviano, S., Watt, C. & Della Sala, S. (2017). Misinformation lingers in memory: failure of three pro-vaccination strategies. *PLoS One*, 12(7), e0181640. pmid: 28749996, 取自 https://journals.plos.org/plosone/article?id=10.1371/journal.pone.0181640

UNESCO(2017)。聯合國教科文組織手冊下載網址：https://en.unesco.org/node/296002

Van Duyn, E. & Collier, J. (2018). Priming and Fake News: The Effects of Elite Discourse on Evaluations of News Media. *Mass Communication & Society*,取自 https://www.tandfonline.com/doi/full/10.1080/15205436.2018.1511807

附錄：假新聞查證參考資訊

衛福部食藥署闢謠專區

2015 年 4 月，衛生福利部食品藥物管理署在官網成立「闢謠專區」，在各種通訊軟體、社群網路與網路論壇上蒐集有關食品、藥品、醫療器材與化妝品安全等的不實謠言，逐一破解並公布。

加入 LINE 好友

MyGoPen 麥擱騙

一名竹科工程師為了讓家中長輩有個可以查證資訊的地方，也有感於身邊有太多人被假資訊所害，而在 2015 年 8 月創立了 MyGoPen，取自臺語「麥擱騙」（別再騙了）的諧音，主要針對圖片、影片來闢謠。2020 年 3 月也取得 IFCN 認證，加入臉書擴大後的第三方事實查證計畫。

加入 LINE 好友

蘭姆酒吐司

2015 年 8 月成立，蘭姆酒 (rum) 來自 「謠言」(rumor) 的字首，吐司則是取自真相 (truth) 的諧音。以較為幽默的方式，在官網、臉書、LINE 發布查核結果，也會在 YouTube 發布澄清影片。

加入 LINE 好友

Cofacts 真的假的

2016 年成立，是臺灣公民科技社群 g0v 的其中一個專案，是臺灣第一個群眾協作的即時訊息查核平臺，成員來自工程師、設計師、記者、國會助理等各行各業，利用工作之外的時間來打假。

加入 LINE 好友

TFC 台灣事實查核中心

由台灣媒體觀察教育基金會、優質新聞發展協會於 2018 年 7 月共同成立，標榜排除政府資助，是一個由民間捐款成立的非營利組織；同年 11 月，取得國際事實查核聯盟 (IFCN) 認證。2019 年 5 月起，陸續與臉書、Yahoo! 奇摩、Google、LINE、華視等展開合作，提供訊息查核結果。

加入 LINE 好友

美玉姨

2018 年 11 月大選期間，一名工程師發現各種選舉假消息到處流竄而著手開發此程式，希望民眾「每次遇到疑問」就想起「美玉姨」。這款 LINE 聊天機器人運用 Cofacts 的程式碼與謠言資料庫，功能大致上和 Cofacts 相同，但特色是可以加入私人群組，不過無法累積自己的資料庫。

加入 LINE 好友

LINE 訊息查證

社群網絡平臺 LINE 在 2019 年 7 月 22 日設立的官方訊息查核網站，合作夥伴包括 MyGoPen 麥擱騙、Cofacts 真的假的、蘭姆酒吐司、台灣事實查核中心等。在 LINE TODAY 的頁面下，也新增「謠言破解」區，專門刊登查核機構的查證結果，或是政府單位的即時澄清聲明。

加入 LINE 好友

電視新聞實務

彭文正、廖士翔／著

「這本書集合了我三年新聞學生、三年主播、兩年新聞製作人、一年電視臺總經理、三年公廣集團董事、十五年新聞所教授，和三年政論節目主持人的點點滴滴，鉅細靡遺、毫無保留。」——彭文正

「希望透過這本書，不只是分享經驗，更重要的，希望能讓您了解電視的魅力，而且還能運用同樣的技巧，跳脫傳統『電視』的定義，在無垠無涯的網路世界中，創造屬於自己的一片藍海。」——廖士翔

本書從世界與臺灣電視發展史之淺談開始，分述採訪、寫作、攝影、錄音、剪接、編輯、企劃、攝影棚作業的基本功，介紹文字記者、攝影記者、主播、編輯、製作人等職位的工作內容，分析收視率的影響，並以新聞倫理做結。

新聞採訪與寫作（修訂三版）

張裕亮／主編　張家琪、杜聖聰／著

自媒體刊載的內容較多是朋友間的隨意對話，作者即興式的獨白，或是不知消息來源為何的「獨家」爆料。嚴格來說，這些自媒體「報導」在寫作結構上都缺乏5W1H。而傳統媒體卻往往自甘沉淪，大量擷取自媒體裡的偽新聞，加工改造成「新聞」，提供給閱聽者消費，無端製造莫虛有的假議題，徒然激化社會民心的無謂躁動。

若所有傳統媒體人及自媒體使用者能夠了解，進而嫻熟5W1H寫作，相信臺灣社會每天可以減少無意義的新聞被大量製造，對事件真相的釐清，對社會民心的沉澱，對國事大政的導正，傳統媒體或自媒體也能感覺有所盡責。

【 ⚖️ 思法苑 THINK LAW 叢書 】

租事順利（修訂二版）

從挑屋、簽約到和平分手，房東與房客都要懂的租屋金律

蔡志雄／著

租房子或買房子是隨自己高興的選擇嗎？錯，你一定要知道什麼時候租房子比較好？什麼時候又變成買房子好？租房子花多少預算最恰當？如何花最少的錢租到最適合的房子？其實這些都有一定的公式可循。

吉吉，護法現身！

律師教你生活法律85招

王泓鑫、張明宏／著

本書以真實的生活時事案例及常見之生活法律議題為素材，探討這些生活時事案例背後的法律問題。每則案例下，問題與解析之內容，除詳細引用相關法律條文外，並大量援用司法院、各級法院及相關單位之實務見解，以讓讀者能清楚了解目前法院對於相關法律的解讀為何，而非僅探究法律學理，使讀者能藉由探討這些生活時事案例涉及之法律議題，增長法律知識。

亞馬遜會議

貝佐斯這樣開會，推動個人與企業高速成長，打造史上最強電商帝國

佐藤將之／著　卓惠娟／譯

★首次完整揭露★
日本亞馬遜創始成員親述關鍵三大會議如何運作
以及背後反映的亞馬遜管理風格與領導守則
教你用最高效率定目標、想企畫、做決定、追蹤執行
狀況，讓每分每秒都花在刀口上

內向軟腳蝦的超速行銷

哈佛、國際頂尖期刊實證，不見面、不打電話、不必拜託別人，簡單運用行為科學，只寫一句話也能不著痕跡改變人心

川上徹也／著　張嘉芬／譯

內向的你不用改變個性
只要一個小小動作
就能以柔克剛
安靜快速解決職場難題

日本廣告文案鬼才、「論文狂」川上徹也，從社會心理學、行為經濟學、認知神經科學等行為科學領域的經典案例與最新研究中，為擁有內向特質的你嚴選46個技巧，幫助你痛快解決職場上的行銷、企畫、文案、議價等難題。

【職學堂 叢書】

圖解正向語言的力量

與潛意識結為盟友，說出高成效精彩人生

永松茂久／著　張嘉芬／譯

你平時所說的話，正在塑造你的人生。
日本傳奇斜槓創業家不藏私親授，
近 40 萬人見證正向語言翻轉人生的力量！

腦科學與心理學研究證實，正向思考只放在心裡並不
夠，若能化為正確的語言說出來，更能加速心想事成。
只要善用潛意識四大特徵，具體勾勒目標，再對自己多
說正向語言，潛意識就會自動為我們搜尋實現目標的方
法，從此擺脫負面情緒，改善人際關係，活出自我，在
職場、情場、家庭等人生領域都能無往不利。

國家圖書館出版品預行編目資料

破擊假新聞：解析數位時代的媒體與資訊操控／王淑
美、陳百齡、鄭宇君、劉蕙苓、蘇蘅著.－－修訂二
版.－－臺北市：三民，2022
　　　面；　公分.－－（Vision+）

　　ISBN 978-957-14-7436-6（平裝）
　　1. 新聞學 2. 傳播研究

890   111004912

VISION+

破擊假新聞：解析數位時代的媒體與資訊操控

作　　者	王淑美　陳百齡　鄭宇君
	劉蕙苓　蘇　蘅
責任編輯	翁英傑
美術編輯	黃霖珍

發 行 人	劉振強
出 版 者	三民書局股份有限公司
地　　址	臺北市復興北路 386 號 (復北門市)
	臺北市重慶南路一段 61 號 (重南門市)
電　　話	(02)25006600
網　　址	三民網路書店 https://www.sanmin.com.tw

出版日期	初版一刷 2020 年 8 月
	修訂二版一刷 2022 年 5 月
書籍編號	S890960
I S B N	978-957-14-7436-6

三民書局